この俺が、痔…!?

元外資系
ブランドマネージャーが語る
痔闘病記

糸山尚宏
Itoyama Naohiro

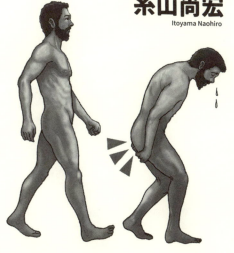

文芸社

この俺が、痔…!?
元外資系ブランドマネージャーが語る痔闘病記
contents

1部　入院・手術・完治まで（神戸・梅田編）　5

始まりはいつも突然に　6

めり込んだパチンコ玉　7

Googleとの対話　9

出すべきか、出さざるべきか　11

いざ肛門科へ　14

梅田の屈辱　17

撮影、切除、そして絶望　21

誇り高き決断　25

結果こそがすべて　28

聞くは一瞬の恥、聞かぬは一生の恥　33

閉じない穴は、ただの穴　38

尻にピアス　43

アナルが取れた、アナルが取れた　51

女神なのか、悪魔なのか?　58
僕は排泄ができない　65
あんなこといいな、できたらいいな　72
コンクリートジャングルの悲哀　78
肛門切るなら、麻酔くれ　86
ピンクの小悪魔　93
人生で大切なことはすべて痔ろうが教えてくれた　98

2部	チャイナタウンでの激闘記 (シンガポール編) 105

マスカットとの再会　106
喫緊のChinaTown痔分探しの旅　111
アナルを整える　116
People's Park Complex　シンガの衝撃　122
29歳また季節がひとつ過ぎていく　127
あな痔を閉じて、町へ出よう　134

痔いろいろQ&A　143

あとがき (2012年7月)　167
あとがき②　170
用語解説　178

元外資系ブランドマネージャーが語る 痔闘病記

1部

入院・手術・完治まで
(神戸・梅田編)

「人生とは、生まれてから予定された以外のことを生きること」

イヌイットの言葉でそんな言葉があった。

外資系メーカーのマーケターとして順風満帆だった俺に訪れた、予定外の数々。その瑞々しい記録を残したいと思う。記録を渋る私に最後の一押しをしてくれたSさん、Iくんの嫁に感謝を込めて。

始まりはいつも突然に

2008年の6月、入社から4年目の俺は、ヘアケアのブランド刷新プロジェクトを担当していた。

「若いときから権限を」。就職活動のときに聞いた会社のキャッチフレーズに齟齬はない。ブランディング、投資戦略、広告戦略…すべてをまとめて、俺がプロジェクトリーダー。

すべてを一新する新製品の発売を数ヶ月に控え、その日はマーケティングディレクターを含めて、ごく少人数の会議が行われていた。新製品の発売まで、できる限りのすべてを尽くす。ディテールにこそ神は宿る。

そんな部屋の雰囲気がいつもと違う。

いや、違うのは部屋じゃねぇ。俺だ。何かが、何かが、おかしい。俺は、長期のプロジェクトにも耐え抜いていた、自分の体の内なる声に耳を傾けてみた。

「お尻が、痛いよ」

俺は耳を疑った。そんなわけはない。俺は入社4年目の27歳、極めて健康、毎晩アブフレックスで鍛え上げた鋼の体だ。何人(なんぴと)も俺のプロジェクトを止められないはずだ。もう1回念のため俺の体に聞いてみる。

「肛門が痛いよ。何かができてるよ」

それが俺の長い闘病のはじまりだった。

めり込んだパチンコ玉

肛門の痛み。字にすると滑稽だが、痛みは尋常ではない。証拠に、自慢ではないが、俺はそのときの会議の内

容を、はっきりいって、何にも覚えていない。
　だが、俺がとった行動はしっかりと脳に残っている。
　トイレに、お尻チェックに行ったんだ。
　俺の家の家訓は、善は急げ。思い立ったらGO。当時俺のデスクがあったオフィスの22階の、トイレの個室で服を勢いよく脱ぎ、俺の人差し指をそっとあてがう。

「お尻に、パチンコ玉が埋まってるよ」

　いや、この俺の肛門にめり込んだパチンコ玉（みたいな腫瘍）が痛みの原因と誰が決めた？　こいつは仮説の1つにすぎない。ビジネスも肛門も同じだ。仮説はすぐに検証するに限る。
　パチンコ玉をぐいっ、と押してみる。
「死ぬほど痛い…」
　気絶するかと思った。
　15分後、荷物をまとめた俺は上司にドライに言い放った。
「お尻が痛いので帰ります」
　そんな目で見ないでください。わかってる。俺はプロ

ジェクトの要。取り替えのきかないピース、スペシャル・ワンだ。しかし、目の前の利益でなく、中期的な成功をおさめてこそ、真のビジネスリーダーだ。その時、俺は自分の姿を、小型トランジスタを開発後権利の売却という目の前のキャッシュではなく、中期的に育てる道を選んだソニーの盛田氏に自分を重ね合わせていた。

そして、大阪の天満の自宅に帰宅後、Googleで肛門について調べはじめたのである。

Googleとの対話

2008年、私は大阪の天満に住んでいた。オフィスから1時間弱。少し遠いが、柏—新宿を毎日通学していた学生時代に比べたらなんでもない。そして、大阪では俺はルームシェアをしていた。中学・高校の同級生。それが後に、さらなる悲劇を呼ぶことになるとも知らず。

会社を早退し、帰宅した俺。

デスクトップパソコンの電源を入れ、Googleに打ち込む。「肛門」「痛い」のand検索だ。

当時はまだ、「教えてgoo」とかが全盛だったと思う。

掲示板に並ぶ悲痛な叫びを目にし、世の中には、こんなに肛門に悩みを抱えている人がいたんだ…そう驚いたのを覚えている。
　どうやら、肛門に痛みがある場合は、3つの可能性があるらしい。
①痔
②脱腸
③がん（大腸がんとか）
　今一度自分の症状を確認する。
- お昼からお尻が痛い。
- パチンコ玉（みたいな腫瘍）が埋まっている。
- 出血はない

　もう一度ネットを見てみると、痔とがんの場合は、出血を伴うらしい。俺は脱腸（肛門が飛び出る脱肛も、脱腸の一部らしい）と、とりあえず結論づけた。
　ふと疑問が頭をよぎる。そもそも、腸が飛び出るってどんなことだ？　Googleで画像検索をしてみる。その時の俺の感想はこんな感じだ。
「fへあおぴうておいgひおうぇjfg4お！！！！！」
（結構グロいはずなので、各自で検索してみてくださ

い)

　なんか、俺のかわいいパチンコ玉とスケールが違う。

　でも、みんな初めはパチンコ玉なのかな。そう思い直し今度は治療法を見てみる。

　脱腸はひどいものは手術だが、初期はぐいっと押し込むでことで治るらしい。

　そして、その日から、ぐいっと押し込む毎日が始まった。

出すべきか、出さざるべきか

　臀部(でん)にめりこんだパチンコ玉大の腫瘍をぐいっと押し込む日々。

「軽度の脱肛（直腸が飛び出た状態）は押し込んで治す場合も多い」

　教えてgooの1節を信じるしかなかった。

　1日数回、トイレに行って押し込むたびに、臀部を鈍器でなぐられたような痛みが広がる。

　でも、これで治るんだったら、一時の痛みに耐えてがんばってみせる。

この俺が、痔…!?

今日も押し込む。

あくる日も押し込む。

そのあくる日も押し込む。

これだけ押し込めば少しくらい治ってきただろう。期待とともに、私の右手を、肛門にそっとあてがってみる。

治ってない。

というか、パチンコ玉クラスだった腫瘍が…。マスカットくらいのサイズに成長しているではないか。

俺は、会社の22階のオフィスの中で頭を抱え込んでいた。状況はすでに逼迫していたのだ。

次第に大きくなってきた腫瘍のせいで、排泄をするたびに激痛が走っていたのだ。

俺の直腸を通るたびに、固体が、俺のマスカット大の腫瘍を激しく圧迫する。

その時の俺の体を図解しよう。

この極限状態では、選択肢は2つしかない。

①痛みに耐えて、うんこする。

②痛みを避けて、うんこしない。

あんまり選択肢になってなかった。①しか残されていないのだ、生物として。

1部　入院・手術・完治まで（神戸・梅田編）

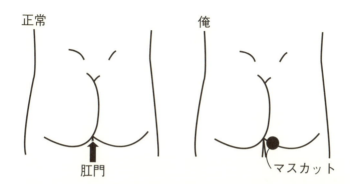

　②のオプションを達成するために、すでにそのころは液体のみを摂取する食生活（水とヨーグルトとか）に移行していたが、水分をとるだけでも、固形の排泄物がでることを私は27歳にして学んだ。

　トイレに行くたびに、俺の脳髄まで突き刺す激痛。あまりの痛さに、排泄行為がまったく進んでないのに、途中で切り上げて、デスクに戻る俺の敗北感。そして残便感。

　これ以上、腫瘍が大きくなって、うずらの卵くらいになったら、肛門がそもそも詰まってしまうではないか。

　もう時間がない。

　俺に残された道はあれしかなかった。

震える手で、Googleに話しかけた。

「大阪肛門科　おすすめ」と。

週末に肛門科の扉をたたくことを決意した瞬間だった。

いざ肛門科へ

「最高でなければ、最速を」

俺がライバルと目する、サイバーエージェント社藤田晋さんの言葉だ。2008年6月7日、土曜日の俺の朝の準備は、最速だった。

異変に気づき耐えること数日、俺はこの日、ついに肛門科を訪問する。

数晩にわたる調査によって、俺の頭にはベストオブベストの誉れ高い、肛門科の名前が入っていた。

K医院（肛門科）。

大阪どころか、日本でも最高峰の1つと言われる肛門科が、近所の大阪駅前第二ビルにある奇跡。

大阪駅前第二ビルには、俺が卓越したマーケティングスキルを手に入れるべく通いつめたダイコクと、保険もきいてお得なマッサージ屋さん「ありさ整骨院」がある。

1部　入院・手術・完治まで（神戸・梅田編）

言い換えると、ホームだ。

　K医院の診察は朝の9時30分からだ。だが、オープンと同時に入って、焦ってると思われるのも癪だ。

　朝の準備は最速だった俺だが、あえて余裕をみせて10時にK医院に到着。自動ドアに滑り込む。

　その瞬間俺は言葉を失った。

　待合室は、女性ばかりだったんだ。

「どうせ痔になるやつなんて、おっさんばっかりなんだろうな」と思っていた俺の予想は最初から覆される。

　清潔感のある医院は、窓口を正面に構え、ベンチが3、4個並んでいる。そして、1ベンチ1人くらいの間隔で、女性が並んでいる。

　しかし、ここで怯むわけにはいかない。

　俺は窓口の受付の女性に向かって低い声で言い放ってやった。

「お尻が痛いんです。ぷっくりしてるんです」

　肛門の痛みの前に、言葉は無力だった。この痛みは表現できねぇ。

問診票を渡され、症状を書き込む俺。そんな合間にも、俺は病院の観察をかかさない。壁に貼られたポスターの標語に視線を走らせる。
「ウォシュレット使い過ぎへの警鐘」
「円形クッションの危険性」
「当院は切らない病院です」
　こんな標語、言葉の組み合わせ、27年間、見たこともなかった。
　どうやら、俺の知らない世界が、ここにはあるらしい。
　いよいよ俺の診察の番がきた。
　扉を開けると、そこにはウェブサイトにも載っていた先生がいた。
　簡単に症状を伝えると、先生は、「じゃぁ、横向きでベッドに寝て、ズボンとパンツを下ろしてください」と俺に告げた。
　ズボンとパンツを下ろすと、阿吽のタイミングで看護師さんが登場、俺の姿勢を修正し、俺は見事なタツノオトシゴのような態勢をとる。
　先生の触診が始まった。
「あぁ、これね。どう？　どう？　ここでしょ、ここ」

1部　入院・手術・完治まで（神戸・梅田編）

　先生の指先は的確だった。俺の敏感な腫瘍を刺激する。数回、痛む場所を確認するやり取りの後、俺の肛門越しに先生が声をかける。
「じゃぁ、そっちの台に乗ってください」
「ん？」
　この姿勢のまま検査とか、処置とかするんじゃないのか？　疑問をいだきつつ半身を起こした俺は、先生の指先を目で追い、絶句した。

　分娩台!?

　これが、「梅田の屈辱」と後世に語り継がれる1日の幕開けだった。

梅田の屈辱

　痔の治療に梅田の名医の誉れ高き、K医院を訪れた俺。
　連日、痔の診察に向けて、シミュレーションを積んできた俺は、「医院にきているほとんどが女子」という状況はジャブ程度にかわしたが、「じゃ、そこの分娩台

(みたいなもの)に乗って」という言葉は、さすがに読め切れなかった。

　しかし、こんな不意打ちにひるむマーケターじゃない。

　外資系の弱肉強食の世界で揉まれて４年、人生はアップオアアウトだ。メンタルタフネスだけは誰にも負けない。

　気を取り直した俺は、悠々と分娩台へと歩を進める。

　先ほどのタツノオトシゴポーズをとるのを助けてくれた看護師のおばさんが、俺にさっとタオルを渡す。絶妙なタイミングだ。さながら、俺は、分娩台という冷たいリングに向かう、チャンピオンのようだったという。

　しかし、分娩台を目の前にするとさすがにひるむ。

　分娩台なんて、テレビの赤ちゃんの感動誕生ドキュメンタリーと、俺の母の出産のときの思い出話と、小室友里のビデオでしか出てきたことがない。こんなに近くで、そして生で分娩台を見る機会が俺の人生に訪れることがあるとは。

「えぇい、ままよ！」
　意を決した俺は、ズボンとパンツを無造作に脱ぎすて、

1部　入院・手術・完治まで（神戸・梅田編）

隣のプラスチックのかごに投げ入れる。
「タオルは腰にかけたままでいいですよ」
　看護師さん、ナイスアドバイスだ。俺はタオルを腰にあてがい、分娩台に颯爽とまたがった（ちなみに腹が上を向く状態だ）。
　俺の眼下から先生が迫ってくる。
「さあ、見てみましょうかね」低く落ち着いた声とともに再度、先生の指が俺の体内に入り込んでくる。
「一瞬で終わる。一瞬で終わる。一瞬で終わる」
　羞恥に耐えるためのマントラを、心の中で一心不乱に唱える俺。
　しかし、その時、先生は無情にも第2ラウンドへのゴングをならしたんだ。
「じゃあ、倒してみましょうね」
　え、え、えぇ？　どういう意味？　分娩台を倒すの？
　混乱する俺を尻目に、後方に傾斜していく分娩台。頭部に向かって集まっていく血液の感触。俺の腰をすべり落ちていくタオル。10秒後には、タオルは臍上あたりに移動し、俺の下半身は完全に露出した。
　母にも見せたことがないであろう俺の秘孔が、病院の

蛍光灯を向いている。

　俺は心の中で、吐き捨てるように言ってやった。
「おなかのタオル、意味ねぇ」
　自尊心という名前の堤防は、決壊寸前だった。

　ぐっと視界がよくなった先生は、なんだかひんやりする機械と指を駆使して、俺の秘孔を調べつくす。

　土曜日の朝から、分娩台に乗って、下半身を天に突き出し、肛門に指を入れられる27歳の俺。

　唇を噛みながら、恥ずかしさに耐えていた俺に向かって、先生がついに口を開いた。
「うぅむ。これは、典型的なアナジだな」
　診断が出たらしい。アナジ？　アナジって、ジってつくからには、痔の一種!?

　まぁ、そんなことはどうでもいい。痔ってわかったんだから、あとは処置して帰らせてくれ。

　帰宅へと意識をすでに向かわせていた俺は、「典型的なアナジだな」という一言が、第3ラウンドへのゴングだったことにまだ気づいていなかったのだ。

撮影、切除、そして絶望

「典型的なアナジだな」

　この言葉のマグニチュードを、俺は理解していなかった。

　分娩台にまたがったまま、診察終了、帰宅を今か今かと待つ俺。

　しかし、先生は、俺に一瞥をくれると、奥の部屋に入っていってしまったのだ。

「早く帰りてえなぁ」とぼやく俺。

　次の瞬間、奥の部屋の扉が開き、信じられない光景が広がっていた。

　先生が、研修医を、たくさん連れてきたんだ。

「はい、今日の患者さん。痔ろうだから、ちゃんと見ておいてね」

　この一言が号砲となり、研修医たちがぐいっ、っと顔を近づける。

　彼らの熱視線が、俺の秘孔に突き刺さる。

　その時、俺と彼らとの距離は100センチ。

この時、俺の心の堤防は、完全に崩壊した。
　たぶん極めて日本人として典型的なサイズ感を誇る下半身をお天道様に向けて全開、本来その下半身を隠すためのタオルは、長時間の傾斜に耐えられず乳首あたりまで下がってる。
　そんな俺を、きっと子どもの時から神童と言われて、開成とか灘とか行っちゃったりしてたであろうエリート医者たちが一心不乱に覗き込んで、「いやぁ今回はわかりやすいですね」とか評論しちゃってる土曜日の朝。
「もう、好きにしちゃってください」
　もはや、何があっても「No」と言わない日本人となった俺に、研修医たちが更なる提案を切り出した。
　研修医「あの、すいませんが、今後の研究のために、写真とらせていただいてもいいですか？」
　は？　カメラ？　もはや、自尊心を破壊され、急性廃人となっていた俺は朦朧としながら「はい」と答える。
　しかし、このカメラがハンパなかったんだ。
「サイバーショット♪」とか「チェキ」とかそんな感じだと思ったら、出てきたのが、超弩級。昭和的なメタファーを使うとカメラ界のプリントごっこ。プリント

1部　入院・手術・完治まで（神戸・梅田編）

ごっこ級のカメラ。

どこらへんが、プリントごっこ級かというと、①大きさがプリントごっこ並み、②強力なフラッシュ機能、③みんなで囲んでバチコン、っと光らせるあたりだ。

にじりよる研修医。

プリントごっこみたいな巨大なカメラが、お尻に密着され、固定される。ちょっとひんやり。その刹那、バチコン、と強力な音と光を発する、フラッシュ。

俺の直腸から肛門にかけての詳細な画像が、文字どおりお尻の皺の数まで、後世のために残されたのだ。

数分後。4、5枚にわたる俺の肛門写真を確認した後、先生が治療に入ることを宣言。

俺の肛門にはマスカット大の腫瘍があり、このマスカットを切除するらしい。

切除のために、麻酔を打ち込む先生。しかし、なんだか時間がかかってる。トラブルか？

先生が俺にうちあけた。「ごめんね、膿がたまって麻酔効かないから、そのままいきますね」

この1週間、ぐいっと押したことが、完全に裏目に出て、俺のマスカットが成長しすぎてしまったのだ。

肛門先に立たず、とはよく言ったものだ。
先生「はい、いきますね。がまんしてくださいね」
俺「え、え、いや、ちょっと、あああぁぁぁぁぁぁぁ！！！！！！」
　俺の咆哮が、乾いた医院に響き渡った。
　５分後。治療は終了した。
　切除したところに、ガーゼを詰められ（ちなみにこれが結構痛い。要するにガーゼは体内に埋まっている）、この一連のやり取りと、リアル咆哮によって、俺は看護師のみんなに気に入られたらしく、なぜか看護師の皆さんに手を振られながら処置室を退室。
　長かった。恥ずかしかった。でも、俺よく耐えた。
　自分をほめてあげている真っ盛りの俺に、先生は微笑みながら告げた。
「とりあえず応急処置はしましたが、手術しないとあな痔は治らないんですよね」

　言っている意味が、わからなかった。

誇り高き決断

「あの、先生、もう1回言っていただいていいでしょうか?」

30分を超える、羞恥の医療体験を乗り越えた俺には、「応急処置」という言葉は到底受け入れられない言葉だった。血走った目で詰め寄る俺を横目に見ながら、先生は繰り返す。

「いま行ったのは、あな痔の応急処置です。肛門周囲膿瘍を切除したのですが、あな痔を完治させるには、根本的な手術をしないといけないんです」

「あぁ!? コウモンシュウイノウヨー!? なんだそりゃ。てか、そもそも『当院は切らない病院です』って言ってたじゃないか![1] なのに、分娩台に乗らされて、肛門切除されて、さらに手術って、俺はがまんできねぇ! 俺を誰だと思ってる! その長髪から、現代のバッハと呼ばれる俺が訴えるぞ!」

という罵詈雑言が胸を蠢く。

しかし、ここは名医K医院。手術をしないといけない、

というのは先生の真摯な眼差しからしても本当だろう。
俺は誇り高きマーケターだ。動揺を見せてはいけない。
俺は、極めて紳士的に切り返した。
「なるほど。手術なんですね。ちなみにおいくらくらいなのですか？」
　外資仕込みの、見事なオープンクエスチョンだ。
先生「まぁ、50万円くらいですかね」
　…………。
　この世の中は、俺が知らないことが多すぎる。
　俺は手術をするかどうかの明確な答えをせずに帰路についた。

　憂鬱な土曜日の午後だった。ほんの1週間前まで、俺はうまいものを自由に食い、海外旅行は行きたいところに行き、お見合いパーティーにネットで申し込んでは参戦する、リア充な生活を送っていたのに、散々なことになってしまった。
　俺はベッドの上に座り込んで考え込んだ。
「手術をするべきか、だましだまし生活するべきか」
　精神を研ぎ澄まし、すべてのシミュレーションを行な

う。手術代があまりに高い。

　だが、また再発して肛門にマスカット大の腫瘍がめり込み、トイレに行くたびに悶絶する人間に尊厳はあるのか。

　この10日間の苦闘が走馬灯のように頭をよぎる。

　マスカット、分娩台、プリントごっこ。

　鮮烈なイメージが瞼の裏に映し出される。

　ゆっくりと目を開けた俺は、手術をするという結論にたどり着いていた。様々な雑念が頭から追い払われ、俺はすがすがしすら感じていた。

　戦前、柔道天覧試合を圧倒的な強さで制した木村政彦（鬼の木村）は、試合前日に額に「勝」の光が浮かび上がるまで座禅を組んでいたという。彼もこのような心境だったに違いない。今なら俺にもその気持ちがわかる。

　以前にも言ったが、我が家の家訓は「善は急げ」だ。

　携帯電話をとり、04からはじまる、千葉県柏の実家に電話を繋いだ。

　数回のコールの後、久しく聞いてなかった母の声が、受話器を通じて聞こえてくる。

　俺はすかさず本題に切り込んだ。

「お母さん、痔になっちゃった。お願いだから、お金貸してください」

俺にとって、プライドなどちっぽけなものだ。

いつの世も、頼りになるのは、母の愛情だ。

俺の三井住友銀行には、翌週、しっかりと依頼した金額が振り込まれていた。

金の工面が成功したら、次にやることは会社への報告。

月曜、朝一番に、クールビューティーとして名高かった上司、ブランドマネージャー富田さん（仮名）のデスクへと向かったのである。

(1) 後日、「切らない」という言葉は正しく根治手術の際にシンプルに切るだけでなく、適切な術法によってlife of qualityを重視するということを理解した。だからこそ名医と言われているのだ。

結果こそがすべて

2008年6月15日、月曜日、私は上司の富田ブランドマネージャーの出社を今か今かと待ち受けていた。

週末をまたぎ、俺には余裕が生まれはじめていた。自由診療と保険診療の違い（P.145 Q3参照）を理解した

俺は、名医K医院を断腸の思いで諦め、大阪北逓信病院という別の病院に相談に行っていたのだ。ここは総合病院で、肛門治療も保険がおりる。だいたい10万円になる計算だ。手術の実績も何度もあり、信頼がおけそうだ。

　入院は最速で18日から。状況にもよるが、通常5日程度の入院になるらしい。そのために会社を休む許可を富田マネージャーにもらわないといけないのだ。

　この大阪北逓信病院は、俺の住んでいる大阪天満の自宅からなんと徒歩5分だった。

　K医院といい、大阪北逓信病院といい、俺の家から10分で行ける距離に肛門科が集まっている。

「梅田は、さながら肛門界のメッカだな」

　俺は自嘲気味につぶやく。

　9時をすぎ、富田マネージャーの姿が、オフィス22階入り口の磨りガラス越しに見える。

　仕事はプロフェッショナルに徹する、が信条の我々2人。ここでひるむわけにはいかない。機先を制するべく、俺は彼女を会議室に手招きし、眉をぴくりともさせず、切り込んだ。

俺「富田さん、おはようございます！　お尻に痔ができ

ちゃってました！　うす！」
富田さん「ププッ！！！」

　クールビューティーと言われる富田さんのハートを溶かすことなんて造作ない。とりあえず、1戦1勝だ。2つ目の壁は、アメリカ帰りで鳴らす茂山ディレクター（仮名）だ。突然金髪にして会社に現れたこともある彼は、見た目はまさに百獣の王。そして、彼はチーム内で100％英語を使うルールを徹底させていた。

　ビジネスでは何不自由なく英語を駆使する俺であるが、この説明は少々難易度が高目だ。だが、ＴＯＥＩＣ900点台を誇る外資系の意地だ。俺は臆することなく日本仕込みの英語と、ジェスチャーでたたみかけた。

俺「マ、マイアナルイズブロークン。マイアスガッタペインペイン」

　あれ、茂山さん、笑ってない。

　その刹那、彼に突然スイッチが入った。

「痔なのね！　な、なんで、すぐに言わないの！　そんな大切なこと！　ほっといたら、ま、ま、まじでやばいんだから！」

　あれ、100％英語ルールは⁉　唖然とする俺にお構い

1部　入院・手術・完治まで（神戸・梅田編）

なく、彼は言葉を続ける。

「僕だって、アメリカにいたときには、働きすぎて血尿が止まらなかったんだから。あの時はね…」なぜか、話は彼の病気の遍歴へと移り、さらに英語で痔をなんというかを猛然と調べだした。

「わかったよ、わかったよ。痔は英語でhemorrhoid！！　そうだ、hemorrhoidって言うんだった」

　あまりのマシンガントークを前に一言も発せない俺を置き去り、彼は意気揚々と当時のオーストリア人ヴァイスプレジデント（VP）へと肩を揺らしながら報告に向かっていってしまった。

　外資は結果がすべて。

　とりあえず、痔で休むことはOKらしい。今の時点で、2戦2勝だ（後日発覚、オーストリア人VPの中では「足の怪我」が、俺が休んだ理由になっていた。「hemorrhoid」という英語はオーストリア人にもなじみが薄く、茂山氏のリアルなジェスチャーを見たものの、まさか痔とは思わなかったらしい。茂山さん、ジェスチャーまでしていただきありがとうございました。ちなみに茂山さんはUSJのV字回復を実現し、『USJの

この俺が痔…⁉

ジェットコースターはなぜ後ろ向きに走ったか?』という著書も人気だ。あのアグレッシブさに、さらに磨きがかかっているのに違いない)。

　最後はクロスファンクションチームだ。プロジェクトの成功を誓い合い、辛苦を共にするエキスパートたち。

　午後に俺はチームメンバーを部屋に集め、簡潔に告げた。

「俺は18日から痔の手術に入る。休み中、プロジェクトは任せた。このことは内密に頼む」

　部屋には爆笑が巻き起こった。

　お尻ネタは鉄板、と知った瞬間だった。

　しかし、繰り返すが、外資は結果がすべて。

　これで痔で休むことはチームにも理解してもらった。これで3戦3勝。すべてのステークホルダーが俺の痔の手術の日程を把握している。プロジェクトマネージメントにぬかりはない(1週間後、「内密に頼む」という言葉の曖昧さからくる惨事を経験するのだが、その時、俺は知る由もない…)。

　手術まであと3日。

　応急処置したお尻に軽い痛みを覚える。

どうやら少し出血もしてきたようだ。

「ウィスパーのさらふわスリムでも買ってくるか」

俺は夕陽を背にオフィスを後にした。

聞くは一瞬の恥、聞かぬは一生の恥

6月18日（木曜日）からの入院に向けて、もう3日を切っていた。

俺の臀部は、歩くたびにいまだ痛みが走る。無理もない。膿を出したことであな痔が完成してしまい、俺は2つの肛門を持ってしまったのだから。

メスで切り開いたトンネル出口をガーゼでふさいでいるのだが、軽い出血は続いていた。

ガーゼの吸収力に心許なさを憶える俺は、生理用品を買うべく、大阪天満駅前にそびえ立つ「元気！ 激安！ ドラッグストアダイコク」に吸い込まれていく。ダイコクとは、「元気！ 激安！」のモットーに忠実に、若い店員さん（かわいい傾向高い）が黄色い声を張り上げ、「いらっしゃいませ！ 大特価です！」とBGMが鳴り響く、近畿方面に住んだ人なら誰でも知っているドラッ

グチェーンだ。
「入院生活に備え、準備もすべて終わらせよう」
　俺の右手には、大阪北逓信病院から渡された「入院のてびき」がにぎりしめられていた。
　生理用品といったらウィスパーだ。
　俺の中で買うブランドは決まっていた。
　購買意思決定の際、カテゴリーへの関与度が低い場合は、トップブランドを選択する可能性が高いというがまさにその通りだと実感する。
　男性の俺でさえ耳に残っている、「安心さらふわ、立体サイドギャザー」のウィスパー。
「ウィスパー、さすがだ。お前は生理用品界の横綱だな」
　そんな軽口を叩きながら生理用品が並ぶ棚にたどり着いた俺は目を丸くした。
「な、なんと、すさまじい商品数なんだ！」
　夜用・軽い日用、スリム・超吸収、さらふわ・ふっくら。ウィスパーだけではない。全ブランドが、細分化されたニーズに応えるべくラインナップを拡充している。
　極めつきは、21cm、22.5cm、26cm、30cm、36cm、40cmと細かく刻まれた数字だ。

1部　入院・手術・完治まで（神戸・梅田編）

　世の女性は、どのタイミングでどの長さを使うべきか、知っているらしい。

　男性諸君、君は自分の臀部の大きさを意識したことがあるか！　なんというスキルだ！

　驚愕しながら、俺は世の中の女性に最敬礼をし、ウィスパーさらふわスリムを買い物カゴに放り込む。

　その時、俺の視線に何かが止まった。

　パステルカラーで占められた生理用品棚に、金色と銀色の神々しいパッケージが並んでいる。

　その名も「Megami」（女神）。

　俺はおそるおそる手にとると、背面を読み込んでいく。読み終わったときに俺は、Megamiもカゴに放り込んでいた。

　Megamiのセールスポイントは下記の3つだ。
- 男性の俺でも手に取りやすい、パステルカラーの海の中に光る、金と銀のパッケージ
- 「やわらか」と、「ウルトラ」という、シンプルで美しいバージョン構成
- そして、俺の中の乙女心をくすぐる、ナプキンの周りを縁取る「フリルカット」（2008年当時）

俺の目は節穴じゃねぇ。

　外資系マーケターの目を誤魔化せると思うなよ。俺には見える、女性の生理用品マーケットで一定のシェアを抑えつつ、ど真ん中な生理用品に二の足を踏む、俺のような男性痔患者にペネトレートしようとする魂胆が。

　大王製紙の、生理用品市場を再定義する大胆な戦略を見抜いた俺は、心の中で喝采を送っていた。

　周囲の女性買い物客の不審な目を一身に集めつつ、ウィスパーとMegamiをカゴに入れた俺は、他の入院用具を手早く集める。天満のダイコクは地下１階が100円ショップになっていて入院の準備にはうってつけだった。俺は入院のてびきに書かれたアイテムを、上から順にカゴに入れていく。

　歯ブラシ。

　コップ。

　ウェットティッシュ。

　タオル。

　ふんどし。

　ん？

ふんどし！？！？

「ガーゼを落ちないように支えつつ、脱着が容易にできるので、ふんどしをご準備ください」
「入院のてびき」は、震える俺の手の中で、なぜふんどしが俺に必要なのかを伝えていた。
　途方にくれる俺の鼓膜に、佐賀の祖母から何度も教えられた、メッセージがその時よみがえった。
〈聞くは一瞬の恥、聞かぬは一生の恥〉
「おばあちゃん、ありがとう。やっと27歳にしておばあちゃんの言っている意味がわかったよ」
　俺は、ふんどし以外の必要なものを詰め込んだカゴを抱え、20歳前後の女性が担当するレジにたどり着く。
　コンクルージョンファーストが外資の基本中の基本だ。そのスキルをここで試す機会がくるとはな。
　俺は外連味(けれんみ)なく、彼女に冷たく言い放った。
俺「あのー、すいません、こちらのお店に、ふんどし、ありますか？」

　その場で何が起きたかは聞かないでほしい。

俺が言えることは、2つ。
- レジの店員さんも爆笑することがあるんだ、っていうことと
- 一瞬の恥が、一生のトラウマになることもあるんだ、っていうことだ。

この2点は特に重要だから、みんなも是非覚えておいてほしい。

その日も長い1日だった。俺は、大阪随一といわれる梨花食堂のカレー（天満ダイコクの横にある）で胃袋を満たし、心の傷を癒し帰路につく。

家に着きベッドに横になる。石のように眠る。朝があけたら入院まで48時間。

閉じない穴は、ただの穴

俺が手術をする病院に選んだ、大阪北逓信病院。総合病院ではあるものの、肛門専門医8人という陣容。すでに、K医院から俺の肛門データが送られ、手術は木曜と決まっていた。

火曜日、何事もなかったかのようにオフィスに足を踏

み入れる。

　一般人にとっては365分の1でしかない、梅雨の1日。しかし、俺は昨日までの俺とは違っていた。

　パンツに、パンティーライナーが密かに装着されていたのだ。

　応急処置である腫瘍切除跡から出血は続くものの量はそれほどではない。そんな軽い日には、ウィスパーのパンティーライナー。清潔感がありながらもガーリーな印象をふりまくデザインの個装パックを開くと、中から真っ白なパンティーライナーがあらわれる。神々しさすら感じる。基底部に貼り付ける。そっとパンツを履く。

　あぁ、この安心感、筆致に尽くし難い。

　男性諸君に、このパンティーライナーの偉大さが伝わらないのがもどかしい。ちなみに、生まれてから1回も使ったことがなかった「パンティー」という言葉をこんなに連発で使うとは思わなかった。タイピングするだけで頬に紅が走る。

　さて、残された時間は、友人への連絡だ。

　Gmailでアーカイブされていたメールを、そのまま記載しよう。

◎**会社の男性友人に向けて。**
「私、痔になりまして、検査・手術のため18日から入院になりました。企画いただいたアウティング（注：遠足みたいなもの）も出れず、申し訳ないです」

　自分のことだけでなく、先方のことも気づかい、律儀だ。

◎**ルームメイトの男性友人に向けて。**
「痔の完治手術をしないといけなくなっちゃった。で、明後日から入院。来週前半戻る予定です」

　背景の説明、タイミングの共有、ともに過不足ない。コンサイスだ。

◎**当時好きだった女性に向けて。**
「足の怪我をしました。普通の外科なんで大丈夫なはず。でも腰椎麻酔らしいので、すごい緊張中です」

　見事に足の手術にすり替えている。しかも一番辛そうな腰椎麻痺をレバレッジして同情を誘っている。ブルシットだ。

1部　入院・手術・完治まで（神戸・梅田編）

　このオーディエンスごとに切り替えたメールコミュニケーションほど、俺の人間としての器を雄弁に語るものはない。

　木曜日。ついに、迎えた6月18日。
　大阪北区区役所を横目に見ながら、俺は大阪北逓信病院を目指す。
　小ぶりなボストンバッグには、買い揃えた入院セット、がんを克服しツールドフランスを7連覇したランス＝アームストロングの自伝、友人のアドバイスで追加招集されたフランス書院文庫、一刻も無駄にせず仕事に復帰できるように会社のPC、が放り込まれていた。
　入り口のスロープをゆっくりと登りきり、半透明のドアを俺は押し開いた。病院内の空気が顔を撫でた瞬間、俺は悟った。
「こいつら、ただ者じゃねぇ」
　肛門科の前には、すでに10人弱の人々が列をなしている。誰も一言も発しない、かといってぼんやりしている者なんていない。
　緊張感がはりつめる。

この年齢も、性別も、背景も違う俺たちが集まった理由はただ一つ、そう、お尻の手術。

　黒澤明監督の『七人の侍』、野武士との決戦に挑む前のシーンを彷彿させる緊迫感。俺はさながら、志村喬演じる浪人、痔主のリーダーというところか。

　ついに、俺の名前が呼ばれる。

　はりつめた空気は診療室の中も変わらない。

　先生と看護師２人が、俺を遠巻きに囲む。

「まずはもう一度患部を見て手術法を決めましょう。ベッドの上で横になって下着を下ろしてください」

　そうだ、焦ることはない。

　患部を見せるのも、もう慣れたものだ。

　ベッドに誇らしげに駆け上った俺は、言われなくとも体を「くの字」に折りたたみ、タツノオトシゴのポーズをとる。威風堂々、その姿は、今にも天にも駆け上りそうな龍が如くだったと聞く。

　ぴんと張り詰めた空気の中、先生の触診がはじまる。

「あぁ、これはわかりやすい、痔ろうですね」

　彼はそのまま、手術法の説明を始めた。

先生「痔ろうの手術法は何種類かあるんで、症状にあわせて選びましょう。まず1つ目の方法は、開放手術。これは痔管とよばれる、トンネル部分自体にメスを入れて切り取ることで、痔ろうごとなくします」
俺「なるほど。悪くない」
先生「完治しますし、縫合後は比較的早く治るんです」
俺「その方法で問題ないかと。なにかリスクは？」
先生「痔ろうの部位などにもよりますが、肛門括約筋にメスを入れる、切り取るので肛門機能が低下する可能性があります」
俺「というと？」
先生「お尻が閉めづらくなることがあります。はい」

　それって、リスクというレベルを越えているのでは？
　俺の頭では、「閉じない穴は、ただの穴」という、かの有名なセリフが鳴り響いていた。

尻にピアス

　もう昔話になるが、俺が外資系ブランドマネージャー

への1歩を刻み始めたのは、2004年の春だった。俺が受けていた外資系企業の採用活動は最終段階を迎え、俺はスペイン人ディレクター(仮名:マリオ)へのプレゼンを終え、引き続きインタビューが行われていた。マリオは俺の履歴書を見ながら手短に、質問を飛ばす。「大学では何をしたのか?」「法律の勉強とは具体的に何をしたのか?」「リーダーシップを取った経験をもう少し詳しく教えてくれ」

　受けた質問に対して、英語で淀みなく答える俺。しかし、マリオは若干の語気を強めて言った。

「違うんだ。俺が聞きたいのはCARなんだ。事実の列挙じゃない。Context-Action-Resultなんだ！　それぞれのCARを教えてくれ！　君がどう価値を出したのかを教えてくれ！」

　フレームワークの名前こそ異なっても、このContext-Action-Resultは、アクションに対する評価の考え方の基本である。

　さて、大阪北逓信病院に舞台を戻そう。
　先生に痔の手術方法の1つ、開放手術についてのリス

クの説明を受けていたとき、まさに俺の頭にはマリオの言葉、「事実の列挙じゃない。アクションの評価はCARの視点から考えるんだ！」が駆け巡っていた。

　慌てるな、俺。

　さぁ、今こそ、CARを使うんだ！

C（Context）痔になった。
A（Action）手術をする。
R（Result）お尻がしまらなくなる（かもしれない）。

　あぶない！！！
「もちろん成功する可能性が高いが、肛門機能が低下すると、寝ている間に便が漏れることがあります」
　恐るべし肛門括約筋。
　グローバル時代に立ち向かう就職活動中のみんな、肛門括約筋の大切さも忘れないでほしい。
　そんな説明を受ける俺は、まだ27歳の外資系マーケター。リスクと、俺の人生に与える影響を考える。
　そうだ、俺には、まだやり残したことがある。
　俺には夢がある。いつか世界で活躍するプロフェッ

ショナルになるという夢が。

　俺には夢がある。いつか痔ろうありでも、人生の伴侶を見つけるという夢が。

　俺には夢がある。いつか、2つになってしまった肛門も、手を取り合ってまた1つに戻るという夢が（そして、肛門機能はそのままでお願いしたい）。

　俺はかぶりを振りながら、先生に尋ねた。

「やはり、まだ肛門機能にはこだわりたいんです。他に方法はありませんか？」

　先生は穏やかな表情を崩さず、2つの方法を提示した。

「はい、他には、肛門温存手術と、シートン法があります。あなたは幸い、原発巣、痔管、二次口の位置が肛門からそれほど遠くないので、シートン法でいけると思います」

　オンゾン？　ゲンパツソー？　ジカン？

　ま、まったく聞き取れねぇ。

　多様な人種の英語が飛び交う職場でも、ここまで聞き取れないことは経験したことがない。

　しかし、俺には「シートン」という言葉だけは聞き取れていた。

シートンっていったら、あの名作「シートン動物記」のシートンか？

　このセンテンスの中で、唯一なじみのある言葉だ。

　しかも、よくわからないが、お勧めらしい。

　まったく聞き取れなかった動揺は隠しつつ、聞き覚えのある言葉があることに安堵を覚え、俺は先生に返答する。

「では、私の理解のために、そのシートン法を詳しく教えてもらえますか？」

　俺の頭の中に、子どものときに読んだ『シートン動物記』に出てくる、かわいいクマさんとか、オオカミさんとか、ウサギさんの絵がよみがえる。

「シートン、お前も手広くやっているな」

　心の中で、俺はシートンに喝采を送っていた。

　そんな俺を横に、先生の解説は続く。

「シートン法は、痔ろうの一次口と、二次口の間にゴムをかけて、数ヶ月かけて徐々に切っていくんです。徐々に切除するので肛門括約筋へのダメージは少ないです」

　そして、ホワイトボードに図解する。その時の絵はこんな感じだった。

「ちょ、ちょっと、全然シートンっぽくない！　かわいくないじゃねぇか！」

動物記の流れを汲み、牧歌的な雰囲気の術法を予想していた俺は、その医学的な図解を目の前に鼓動が早まる。

「こ、これじゃ、ま、まるで、尻にピアスじゃねぇか！」

尻にピアスの衝撃を受けながら、俺は意思決定をしなければならなかった。

沈黙が走る。

何度もリスクを考える。

口の粘膜が乾いてカラカラだ。

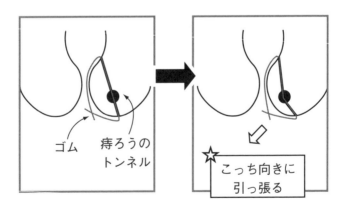

いよいよ決断のときだ。
　俺は、ついにその口をあけて、先生に告げた。

「シートンでお願いします」

　賽は投げられた。

　午後。手術法も決まり、俺は慌しく病室へと向かう。
　成人が4人入る共同病室。日々の喧騒を離れ、たまにはこんな生活も悪くない。
　俺にはゆとりが戻ってきていた。
　おっと、いけない。大切なことを忘れていた。
　俺は、天満ダイコクでの一件を思い出していた。
「ふんどし、見つからなかったことを看護師さんに謝らなくては」
　悪い報告こそ速やかに行う、に限る。俺はナースセンターに足を運ぶ。
　師長を目にすると、軽く会釈をする。
師長「どうしましたか？」
俺「え、えぇっと…」

がんばれ、俺。

たしかにふんどしを持参するように指示には応えられていないが、お前は精一杯やったじゃないか。天満ダイコクで恥辱を受けただけではない。お前は次の日、梅田堂山町交差点のダイコクのほうが店は大きいのに人は少ないことに気づき、再度ふんどしを求めて店をくまなく探したではないか。

お前はもう十分がんばった。

許されていいころだ。

心の中の葛藤を乗り越えて、俺は師長に頭を下げた。

俺「すいません！ 私、ふんどし、見つけられませんでした！ すいません！」

師長「あ、大丈夫ですよ。2階の売店で売ってますよ。T字帯（ガーゼでできたふんどしみたいなもの）っていうんですけどね」

…………。

6月16日、おそらく梅田で一番ふんどしを探していた人であろう俺は、コンクルージョンファーストが日本でも一般的になることを、切に祈る。

午後はいよいよ手術だ。ついにシートン。iPodを握

り締めながら心を落ち着かせる。そろそろナースが来るはずだ。

アナルが取れた、アナルが取れた

　俺の肛門人生を決するといっても過言ではない勝負の午後がやってくる。

　めり込んだパチンコ玉に気づいたのは6月初旬。まだ10日ほどしかたっていない間に、俺はどれだけの文献を調べ、どれだけのことを考え、どれだけの肛門鏡を直腸にくわえ込んだのだろう。

「思えば遠くに来たものだ」

　梅雨の湿った空気に向かって、感慨深くつぶやく。

　看護師さんがノックをして、部屋に入ってきた。

　とうとう順番が来たらしい。俺は看護師さんにゆっくりと会釈をし、廊下へと歩を進める。

　すでに俺はポンチョのような手術服に着替えを済まし、T字帯もばっつり決めていた。

　手術室の前に着く。

　生まれて27年、俺は手術を初めてすることになる。

12歳の時に急性腎炎となり1ヶ月入院し、俺はおそらく当時の小学生の中でトップクラスの泌尿器科知識レベルを誇っていたが、自然治癒し結局手術は必要なかった。その後、俺はまったく健康体で過ごし、手術とは縁がない生活を送っていた。
　部屋に足を踏み入れる。
「なるほど。思ったよりもきれいだな」
　手術室は白を基調としてまとまった内装。先進的な印象の機械が並んでいる。
　その中央に、俺の行きつけ指圧マッサージ店「ありさ整骨院梅田店」にあるようなマッサージ用ベッドから下半身部分がなくなったような台が置いてある。呼吸できるように顔の部分に穴が空いていて、お尻が突き出るようになるデザイン。
　看護師さんが俺に告げる。
「その踏み台を使ってベッドに上って、顔を下向けにして寝てくださいね」
　27年の齢を重ね、ついに俺は手術台に。
　俺にはその手術台への踏み台が、大人への最後の階段に見える。

「わかりました」

 看護師さんに目で合図を送り、俺は踏み台に足を掛ける。

 うつぶせになり、上半身を折り曲げベッドに委ねる。

 自然、お尻は後方に突き出ることになる。

 その時の体勢、言葉では伝えづらい。

 言葉は時に無力だ。

 既に羞恥心ボルテージの針は、振り切れんばかりだった。

 肛門診療の基本ポーズともいえる横向きのタツノオトシゴのポーズ、梅田で屈辱を味わった上向きの分娩台ポーズ、そして手術でのうつぶせのピーポ君ポーズ。1つの羞恥ポーズを乗り越えるたびに、また新しいポーズが現れる。

 まさに前門の虎、肛門の狼だ。

 そんな俺を意に介することもなく、看護師さんは作業をすすめる。

 足を肩幅に広げる。肛門にエアリー感が増す。

 ポンチョをめくる。患部が全開だ。

 T字帯をはずす。ばっちこいだ。

この時、俺は、心の中で無条件降伏をした。

もう恥ずかしいことなんてない。どうにでもしてくれ。

そんな俺のポツダム宣言を知ってか知らずか、先生が淡々と手順を伝える。

先生「まずは腰椎麻酔をします。今回は下半身麻酔にしておきます。その後、患部の手術、痔管（トンネル部分）にメスを入れ、ゴムを通しますね」

大体聞いていたとおりの手順。予想通り。驚きはない。口許に微笑を浮かべて、先生に向かってうなずき、俺は前を見据えた。

そして、俺は気づいた。

先生、看護師が全員、俺の背後に位置している。

みんなが後ろにいるから、見えない。恐怖感が増す。

手術の準備であろう、乾いた金属音がカチャカチャと、俺の背後から聞こえる。

いつ俺の腰椎に麻酔の針が刺さるんだろう。

その麻酔の針はどんな形をしているんだろう。

そう。俺は、痛いこと・注射が苦手なのだ。

なんだか息苦しくなってきた。

次第に青ざめていく俺に、看護師も気づいたらしい。

看護師「大丈夫ですか？ 刺すときはちゃんと言いますから大丈夫ですよ」
俺「はい、大丈夫です。ハァハァ。まったく普通です。ハァハァ」
看護師「ゆっくり呼吸してくださいね。大きく吸って、大きく吐いて」

　背後から麻酔をされる恐怖に押し負けそうな自分を隠すべく、俺は自分流のラマーズ法を試みる。

　俺は大丈夫だ。痛くない。ハッハッ、スゥースゥー。
　注射なんてすぐだ。ハッハッ、スゥースゥー。
　分娩台も乗ったし。ハッハッ、スゥースゥー。
　ラマーズ法もやってるし。ハッハッ、スゥースゥー。
　もう出産できんじゃねーか。ハッハッ、スゥースゥー。

　そんなハッハッ、スゥースゥーを繰り返すこと数分、ついに先生が俺の脊髄のあたりを指でたたき始めた。
　いよいよだ。どうやら骨と骨の間を確かめているらしい。
「大丈夫、大丈夫だ」

俺は自分に話しかける。21歳のとき、遅まきながら大学デビューを果たすため、ＴＢＣのアゴヒゲ脱毛の痛さすら乗り越えた俺じゃないか。
　背後のせわしない動きが止まる。
先生「では、すぐに終わりますからね」
　先生が短く告げると、ついに麻酔の針があてがわれた。
　針が皮膚をくぐり抜け、腰椎の間隙を縫い、俺の体を侵食する。
　食いしばった歯の間から、声にならない嗚咽がもれる。
　俺は勇ましく、そして高らかに心の中で吠えた。
「あぁぁぁぁー、いたいよーーーーー。おかあさーん」
　数分後。
　不思議な感覚が下半身を覆う。
　麻酔を悠々と乗り切った俺は、下半身麻酔の感覚をゆっくりと味わっていた。
　足の先からひんやりとしてくる。
　だんだんひんやりとした感覚が上がっていき、ふくらはぎ、太もも、腰が冷たい水で満たされたような感じだ。
　もはや先生が触っても何も感じられない。
「では始めますね」

1部　入院・手術・完治まで（神戸・梅田編）

　先生の声を合図に、数人が同時に動き始める気配がする。金属の重なる音がする。しかし、俺は時折からだが揺れ動くだけで、何も感じない。本当に手術しているのか？

先生「電気メス」

　？　何か切っているのか？　本当に何も感じない。

　グイッ、グイッと何かを引っ張っている感覚が走る。シートン法の説明のときにあったゴムでも縛っているのだろうか。

　看護師は「すぐ終わりますからね」と言っていたが、本当に20分も経たずに手術は完了した。

　先生が俺に告げる。

「手術終わりました。問題なく完了しました」

　先生と目を合わせ、相好を崩す。

先生「切り取った患部、見てみますか？」

　好奇心こそ、マーケターの魂。俺はＹＥＳと即答する。

　銀色のパレットに置かれた、切り取られた俺の肉体の一部が目の前に運ばれる。思ったよりも大きくもっていかれた印象だったが、ついに完治への第１歩を実感に涙腺が潤む。

手術室にいた全員と感動を共にする。俗に言う、「アナルが取れた、アナルが取れた」状態だ。
　手術は無事終了、俺は手術室を出る。
　病室までは車椅子で移動だ。
　痛みもまったくない。
　簡単に終わってしまった手術だった。
「５日間も入院するなんて大げさだったな」
　俺はいささか拍子抜けすらしながら、病室のベッドに横たわった。

　数時間。その夜、夢から目を覚ますと、俺は、ベッドの上で肛門が烈火の如くなっていることを発見する。

女神なのか、悪魔なのか？

　予兆はあったんだ。
　手術が終わり、部屋に戻ったのは午後５時ごろだった。
　俺の尻には、しっかりとゴムが輪の形になって埋め込まれているのだが、Ｋ医院とともに関西にその名をとどろかす大阪北逓信病院、その腕は卓越したものであった。

1部　入院・手術・完治まで（神戸・梅田編）

　肛門を下にして仰向けに寝ることは、俺のような痔のエキスパートにとってもチャレンジングなものであるのだが、何の問題もなく仰向けができる。痛みはない。すべては順調だった。
　病院の夜は早い。
　9時に消灯。手術前後は食事を断つので、点滴で栄養を補給した俺はそっと目を閉じる。
　瞼の裏には、肛門が無事1つに統一され、颯爽とプロジェクトチームをリードする俺が映っている。
「みんな、あと4日の辛抱だぞ」
　俺がいないなかブランドを守るチームのみんなが目に浮かぶ。使命感に体がほてっているようだ。
　俺は眠りについた。
　そう、そのほてりがサインだったんだ。今の俺なら読み取れる。
　ほてりは、肛門界のニイタカヤマノボレ、ってね。
　第1波は夜11時ごろにやってきた。
　突然熱を帯び始めた臀部に異常を察し、俺は身を翻して起きようとする。
「いてぇー！！！」

声にならない、鋭い叫びがこぼれる。

脂汗がにじみ出る。

臀部の谷間に、未だかつて、俺の肛門人生で経験したことがない痛みを感じていた。

〈負けそうなときは、人の２倍努力するんだ〉

遠のく意識のなか、父の教えを思い出す。

さすが俺の父の教えだ。見てるか父さん！

あなたの息子は、人の数倍、肛門の痛みに耐えてるよ。

精神が肉体を越える時だってあるんだ。心頭滅却すれば、痔もまた涼し、というじゃないか。

精神力のみで俺はなんとか第１波を押さえ込み、再度眠りに落ちる。

しかし、奴らは執拗だったんだ。

１時間と待たずに、第２波が俺を襲いかかってきた。

「ぐぁぁぁぁーーーー」

漆黒の病室に響き渡る俺のうなり声。

規則正しいリズムを刻みながらも、大きく揺れる点滴のニードル。

痛みのあまり、小刻みに震える、俺のヒップ。

肛門の痛みの前に、俺はあまりにも小さな存在だった。

1部　入院・手術・完治まで（神戸・梅田編）

朦朧とする意識の中、俺は病室に帰るときに聞いた看護師さんの言葉を思い出す。

「何か異常があったら、すぐに押してくださいね」

「そうだ。ナ、ナースコール…」

俺は震える手で、ナースコールのケーブルを手繰り寄せる。

あまりの痛さに目すら霞んできやがった。

1度、2度、3度。

最後の力を振り絞り、俺ははじめてナースコールを押してみた。

俺は知らなかったんだ。

ナースコールはすぐに看護師さんが来るのでなく、まずはスピーカーで応対するということを。

病室に機械を通した甲高い声が響き渡る。

看護師「はい、どうしました？」

これはスピーカープレイ？

どうした、って言われても、困るではないか。

この部屋には俺以外に3人が、寝ている。ぜひ察してほしい。

他人の前で俺が「お尻が痛い」なんて吐けるわけない

じゃないか。
　沈黙する俺に、看護師さんが言葉を続ける。
看護師「どうしたんですか？　何かトラブルですか？」
　あぁ、トラブルというか、なんというか、すっごいことになってるんだ、看護師さん。
　この苦しみを伝えたい。しかし、羞恥心が俺の邪魔をする。
　同時に、もう1秒の猶予もないのは自明だった。
　大きく息を吸い込むと、俺は声を張り上げ、沈黙を打ち破ってやった。

「看護師さん、お尻が、僕のお尻が、燃えるように熱いんですー！　痛いんですー！」

　1分が1時間にも感じられた。
　銀色のパレットに処置道具を入れて看護師さんが数分後に訪れる。
　カーテンをめくり、看護師さんが俺の傍らに立った。
　俺は言葉を尽くして、俺の肛門の、今そこにある危機を語る。

1部　入院・手術・完治まで（神戸・梅田編）

　話を聞きゆっくりうなずくと、看護師さんは俺に告げた。
「麻酔が切れたんですね。眠れるように、モルヒネを筋肉注射しますね」
　モルヒネ？　麻薬？
　しかし、背に腹は変えられない。
　俺の肛門の痛みは、すでに人類が未だ感じたことのないレベルに達していた（と思う）。
　俺は震える手でOKサインを下す。
「モルヒネよ、お前が俺を連れて行くのは、肛門界の女神なのか、悪魔なのか？」
　トレインスポッティングのユアン・マクレガー状態の俺の、上腕がめくられる。
　モルヒネが充填された注射の針が鈍く光る。針が皮膚を貫く。俺の筋肉にモルヒネが流れ込んでいく。
　肩から二の腕に掛けて、信じられないほどの激痛が走る。
　俺は看護師に、そして神様に言ってやった。

「ザッツサディスティックー！」

モルヒネは効果覿面だった。
　肛門の痛みを抑えるために、腕に筋肉注射をするのは、核弾頭に核弾頭を打ち込むような衝撃だったが、5分ほどたつと肛門の痛みが去っていく。戦いに勝利した俺は、眠りに落ちていく。これで平和な夜が戻ってくる。

　1時間後。
「ぐぁぁぁぁーーーー」
　再び、漆黒の病室に響き渡る俺のうなり声。
　そう、モルヒネは一定の時間しかもたなかったのだ。
　困ったときにはナースコール。ここ大阪北逓信病院での一番のラーニングだ。
「モルヒネ、お願いします。」
　もう手馴れたものだ。
　看護師が訪れる。腕がめくられる。針が入る。

「ザッツサディスティックー！」

　この肛門が痛む → モルヒネを筋肉注射で激痛 → 肛

門が痛む → モルヒネを筋肉注射で激痛、は我々の中では、痔獄の永遠ループと呼ばれている。

　3回目のモルヒネを打たれ、眠りに落ちる。

　しばらく痛みを忘れ、つかの間の安眠だ。

　空が明るくなってきた。窓から日差しが零れ込む。新しい朝がやってきた。

　俺の入院2日目が始まる。

僕は排泄ができない

　休むことなく襲い掛かる激痛を、外資系で鍛え上げたそのメンタルタフネスをまったく駆使することなく、モルヒネの力で無事乗りきった俺。

　ほとんど眠ることなく次の朝を迎えた。

　俺は4人部屋の窓際のベッドをあてがわれた。

　小さな小窓から朝日が差し込む。

　麻酔が切れてからもう8時間ほど経っただろうか。

　肛門の痛みは少しずつとはいえピークを過ぎ、モルヒネを打たなくても我慢できる程度になっていた。

　腰椎麻酔のせいで、まだ下半身は自分ではほとんど動

かせない。

　しかし、時は無常に流れる。

　俺は順調に、トイレに行きたくなってきたんだ。

　手術の前から絶食をしていて、そのあとも点滴で栄養を補給していたが、何も食べなくても排泄はしないといけないことを俺はすでに学んでいた。自力でトイレに行こうとしたが、足が麻痺してうまく動かせない。

　何度もいうが、困ったときはナースコール。

　俺は慣れた手つきで、ブザーのコードを手繰り寄せ、ボタンを押し、トイレに行きたい旨を告げる。

　看護師さんが車椅子を持ってくる。

　手術してから病室に戻るとき以来、人生2度目の車椅子。動かない両足を看護師さんに預け、俺は見事に這いつくばって、車椅子に転がり込む。

　そのとき、俺の頭を、カフカの「変身」の冒頭がよぎったという。

　病室から100メートルほど離れたところにある、車椅子用トイレの個室に入り込む。

　看護師さんの助けをもらいつつ、レバーを握り締め、便座に腰を下ろす。

看護師さん「大丈夫ですか？　トイレ、助けいりますかね？」
俺「ひとりでできるもん♪」

　どんな複雑なプロジェクトも前に推し進めてきた俺には、トイレなんて簡単なタスクなはずだ。
「終わったら、またナースコールで教えてくださいね」

　看護師さんはネクストステップを俺に告げると、ナースセンターに戻る。

　俺は車椅子用トイレに1人になった。
「まずは、小さいほうからといきますか」

　俺はズボンを下ろすと、まずは手術とまったく関係ないほうであるほうの排泄作業を始めた。
「ぬあぁぁぁーーー、いてえじゃねぇかーーーーー！！！！！」

　俺の悲鳴がトイレの青白いコンクリートに吸い込まれていく。
「肛門括約筋、またお前か」

　人類は小さいほうの排泄の際にも、肛門括約筋を見事なバランスで使っていることを俺はこのとき学んだ。

　トイレトレーニングを積んだ赤ちゃん、君たちは偉い。

やっとのことで排泄第１弾をなんとか終わらせ、俺は肩で息をしている。
　しかし、ここからが本番。
　今度は手術と直接関係ある大きいほうの排泄作業を始めなければならない。
　その時の俺の体を説明すると、肛門にメスを入れて、一部を断ち切り、ゴム管を通している状態だ。
　普通の切り傷にシャワーを浴びるだけでも水が滲みて痛いのに、肛門が切り裂かれた上を排泄物が通過する。たぶん、人間を創造した神様もこんなシチュエーションは予想してなかったと思う。
　どう考えても痛そうなんですけど。
　弱気になる俺を、肉食系の俺が叱り飛ばす。
「かのナポレオンも乗り越えた痔の痛みだ（P.152　Q8参照）。今まで何千万人、何億人も通り抜けてきた道。お前にできないはずはない」
　痔で苦しんできた人の累計はすごい人数になるはず。
　しかし、痔の手術後の排泄が痛くて死んだ人なんで聞いたことない。
　ひょっとしたら肛門は神経が少なくて痛くないのかも

な。

　見事なハイポシシスを思いつくと、俺は清水の舞台からあっさりと飛び降りて排泄をしてみた。
「いでぇぇぇーーーーー。しぬーーーーーーーー！！！！！！！」
　俺の排泄史上、最高激痛だった。
　傷口に塩を塗るどころではない。
　こちとら、傷口にうんこ塗っているんだ！
「あぁぁぁっあぁぁぁーーーぁ！！！　ぐぬぉぉぉぉぉーーーー！！！」
〈1回やり始めたら、最後まであきらめちゃだめだよ〉
　いつも的確なアドバイスをくれる父の顔が頭をよぎる。
「ぐぁぁぁぁーーーー！！！　ふんなぁぁぁーーーーー！！！！」
　今度こそメンタルタフネスを発揮するしかなかった。
　俺は全身の筋肉に力を込め、この歴史的大事業を終わらせようとする。
「はぁ、はぁ、はぁ、はぁ」
　やっと流れ落ちたようだ。
　流れ落ちる汗を袖でぬぐいながら、便器に視線を落と

す！
「！！！！！！！！！！！！」
　真っ赤だった。
　もはやどこが、排泄物か、血液なのか区別がつかないほど、鮮血が陶器に広がっている。
「こんなところにも、レッドオーシャンがあるとはな」
　血を血で洗う眼下の光景に、つぶやかずにいられなかった。

　なんとか排泄を終わらせた俺は、今度は拭き取る作業に入る。
　トイレットペーパーを手に巻きつけそっと拭き始める。ペーパーには血ばかりがつき、何を拭き取っているのか、という根本的な疑問が首をもたげる。
　拭くというよりも、タッチするという、これまた排泄史上、最高に優しい洗浄を行う。
　しばらくすると、俺の右手に、いつもと違う感触が伝わってきた。
　なんだか硬い。
「ゴム管だ！」

1部　入院・手術・完治まで（神戸・梅田編）

　俺の肛門には、先生の説明にあったゴム管が埋まっていた。
　こいつは、これから半年間、俺と生死を共にする存在になっていく。まさに一心同体。
　この後、このゴム管は、ジェダイとライトセーバー、新一とミギー、天下一品のこってりとチャーハン、のような存在になっていく。

　すべてが終わり、ナースコールで看護師さんを呼び、俺は病室に戻る。
　俺はすでに軟便剤を処方されていたのに、こんなに排泄がつらいとは。
　俺は、トイレの中での格闘の一部始終を、克明に若い看護師さんに、手振り身振りで伝える。
看護師「大変ですよね。もう少しよくなったら坐浴できますよ。（注：浴槽のようなものにお湯をはり、お尻を浸すこと。血行もよくなる治療）
俺「でも、今でも大変なのに、退院して軟便剤がなくなったらどうしたらいいんですか？」
看護師「代わりにコーラックを使ってもらってもいいで

すよ」

　俺は、そっと退院後のお買い物リストにコーラックを付け加えた。

　これがさらなる惨事を巻き起こすが、これは別の話。別のときに話すことにしよう。

　入院中は、肛門の痛みと、排泄の痛みに耐える日々だった。

　俺はランス＝アームストロングの自伝を読み、彼よりはましと自分を慰める日々（彼の自伝は、闘病生活にマストでは、と思うほど壮絶だ）。

　この痛みにまったくなれることなく、次の週の月曜日を迎えた。

先生「出血は続きますが、もう退院して大丈夫です。これから２週間ごとに来てくださいね」

　いよいよ、帰還のときが来た。

あんなこといいな、できたらいいな

　痔が発覚する６月上旬まで、俺は天満（大阪）から神

戸のオフィスまで車で通勤していた。

　外国人が多い会社の文化の影響だろうか、それとも神戸というセンスある街の影響だろうか、会社近くの駐車場にはBMW、アウディ、アルファロメオなどがずらりと並んでいた。

　そんな駐車場に颯爽と乗り込む俺の愛車は、デミオ。俺の体躯を悠々と抱え込むその車体は、ポルシェカイエンと並んで停めるとまるで、曙と貴闘力を髣髴させるようなサイズ感であった。

　しかし、退院後の初日、俺は六甲ライナーに揺られていた。

　手術直後の痛みと比べると、我慢できる程度にはなっていたが、やはり椅子に座ると激痛が走るため、俺は電車通勤に切り替えたのだ。

「なんて、モノレールは痔に優しいんだ」

　アイオープニングな発見。俺は六甲ライナーのその流れるような発停車に、そして痔患者を思いやってであろう、モノレールで通勤できる場所にオフィスを構えた会社の決断に、感嘆の声を漏らさざるを得なかった。

　ちなみに、自宅のある天満からモノレールにたどり着

くまで、JRを乗り継がないといけない。

梅田発の新快速（特に梅田―西宮間）のその横揺れの激しさは、ロデオの如し、要注意だ。

痔の皆さん、新快速に乗るときは、ぜひ金属の手すりをしっかりと握り締めてほしい。

モノレールの駅から、オフィスまでの500メートルほどを1歩1歩踏みしめて歩く。

足を交差させるたびに、双臀が揺れ動くたびに、切り裂くような痛みが走る。

俺が痔になったことは、上司のマネージャーと、ディレクターと、限られたチームメンバーにしか知らせていない。メンバーには「内密に頼む」と緘口令をしいていた。

外資系マーケターとして、自分のパーソナルエクイティーに万全の配慮は当然だ。

俺は普段となんら変わらない様子でオフィスに向かっていく。

ガラス張りのエントランスに足を踏み入れる。

レセプションのお姉さんに笑顔を送る。

警備員の方に会釈をする。

1部　入院・手術・完治まで（神戸・梅田編）

　22階のボタンを押す。
　ここまでは完璧だ。
　当時俺が勤務していたビューティーケアがあった22階に降り立った。
　いつもよりもみんなの視線を感じる。気のせいだろうか。
　軽く疑問に思いつつ、自分の机にたどり着いた俺。次の瞬間、椅子に視線を落とした俺は、声にもならない鋭い悲鳴をあげた。

「ド、ドラちゃん！」

　俺の椅子の上には、大きく口を開けて笑ってるドラえもんクッションが置いてあった。
　いつも我々に夢を与え続けてくれていた、ネコ型ロボットの、こんなスットコドッコイな表情、誰が見たことあっただろうか。
　その見事に円を描いたドラえもんの口は、俺の肛門を今か今かと待ちわびているようだった。
「ドラちゃんが、その口ぃ、空けて待ってんぜ！」

俺は遠慮することなく、痛みの走るお尻を下ろしてみた。
「あぁ、楽だわぁ」
　安堵の声が漏れる。
　未だかつてない、お尻に優しい座り心地だ。
　お尻の痛みを軽減したい、という俺の夢を叶えてくれる不思議なポッケに喝采だ。
　俺はふと我に返る。
　このドーナッツ状のクッションは、痔のアイコニックな存在。「ドーナッツクッション＝痔の患者」は明快すぎる方程式だ。このままでは「俺が痔」とばれてしまう。「俺が痔」という印象を拡散させないのは喫緊の課題。というか、そもそも誰が置いたんだ？

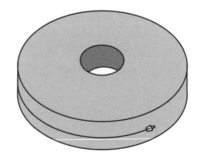

1部　入院・手術・完治まで（神戸・梅田編）

　そのとき、俺は当時入社2年目の大田さん（仮名）の名前が頭を真っ先によぎった。
　日本最高学府出身の彼女はその肩書きに恥じない明晰な頭脳を誇っていたが、国語がちょっと苦手という噂があった。俺は確かに「内密に頼む」と言ったのだが…。

　彼女のデスクに俺はにじりよった。
俺「大田さん、ちょっと聞きたいんだけど、ドラえもんクッション置いた？」
大田さん「はい！　かわいいでしょ！　早く治るといいですね」
　やはり、彼女だったか。俺は引き続き問いただす。
俺「てか、俺、内密って言ったよね。痔だってことは内緒って言ったよね！」
大田さん「誰にも先輩が、痔とは言葉では言ってないですよ。言葉では。内密にしてますよね」
　俺は言葉を失った。
　東大生の見事なカウンターロジックだ。俺はうなずくしかなかった。
　でもね、大田さん、ドラちゃんは俺が痔であることを

すでに雄弁に語っているよ。君が言葉で伝えていなくても。

　俺が危惧したとおり、すでにオフィスでは、俺が痔であるという噂が、枯れ野に火を放つように急速に広まっていっていた。

　…………。

　しかし、苦悩はまだ序の口だった。オフィスがいかに痔に対してつらい場所であるかを知ることとなる。そして俗に言う痔世代3種の神器（ウィスパー夜用スーパー、コーラック、休足時間）がいかに効果的かを実感するのも、そう遠くなかった。

コンクリートジャングルの悲哀

　2008年6月23日、ついにオフィスに戻ってきた俺。

　俺の不在中に溜まってしまった仕事を俺は一心不乱に進めていく。

　プロジェクトリーダーとして、頭を悩ませる課題は多い。テレビCM修正、競合他社の動向分析、店頭販促物の生産調整、お尻が痛い。

1部　入院・手術・完治まで（神戸・梅田編）

ん？　お尻が痛い？

そう、俺は手術後のものと違う、新たな種類の痛みに気づいていた。

クッション界のモルヒネの誘惑に負け、躊躇することなくドラえもんの上に座っていたのだが、俺の肛門に装着された、ゴム管の両端が俺の臀部に鋭く突き刺さりはじめていたのだ。

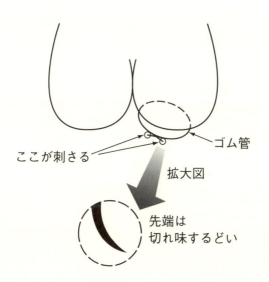

まだ、勤務を始めて数時間。ランチにもなっていない。
　痛みですでに俺の集中力は削がれ始めていた。仕事は山のように溜まっている。しかし、肛門の切除の痕と、ゴム管の刺さる痛みが俺を絶え間なく襲う。
　どうすればいいんだ。
「なんでもいいから、まずやってみる。それだけなんだよ」
　俺の愛読書、岡本太郎の自伝の一説が俺の頭を通り抜けた。よし、俺もやってみよう。
　俺はすっくと立ち上がり、オフィスの倉庫からダンボールを取り出してくる。
　ダンボールを箱状に手早く組み立てると、ガムテープで補強し、机の上に載せる。
　ノートパソコンを、手際よくそのダンボールの箱の上に載せる。
　俺はおもむろに、ノートパソコンの前に立つと、手をキーボードに添えてみた。
「完璧だ」
　臀部に負担をかけずに仕事をこなせるイノベーションを完成させた瞬間だった（その時の写真を、同僚の大田

さんが撮っていてくれた。まさに、この後姿、仕事を前に奮闘する阿修羅のようである)。

後日談1：数日後、俺が立って仕事をしていることを聞きつけた営業ディレクターの相田さん(仮名)が、その部下を数人引き連れ、「おぉ、大変なことになっとんなぁ。お尻、痛いんかぁ、大変やなぁ」と大きな声でお見舞いに来てくださった。これによって、オフィスの人の中で、俺が痔であるという自信が確信に変わったという。

後日談2：さらに数日後には、その見事なキーボードさばきと、肛門の痛みから左右にゆらゆら動く姿から、DJマーケターというニックネームが俺に付いていた。さすが日本のあな痔シーンを引っ張る俺である。

後日談3：数時間後、俺の脚部の疲労感は限界だった。痛みを避けるために立つ。立つと足がむくみ疲れが限界

を超える。座ると痛い。そんなイノベーションの痔レンマへの解は、休足時間、だった。世の中の女子はすごいアイテムを使っているものである。

オフィスに戻った俺は、痛みに打ち震えてはいたが、同時に2週間前の俺とは桁違いの自信を纏っていた。

そう、俺のウィスパーを使いこなすテクニックに、「超朝までガード（特に心配な夜用）」が追加され、「パンティーライナー」の二刀流に進化していたのである。
　頻繁に取り替えられない睡眠中や、比較的動きの多い日は、超朝までガードに限る。

①後部を覆うように広がった形状は、ダムのように、俺の血液とナーバスな気持ちを受け止めてくれる。
②その底部に位置する吸収体は、ゆっくりと、しかしながら確実に流れる俺の血液をさっと吸収、そしてさらっさらな肌触りに転換だ。
③唯一のコンサーンは、底部に位置する「体のすきまに合わせたアーモンド形吸収体」。大変恐縮なのだが、男

性である、俺の体には、すきまがない。

　歩くたびに、下から押し上げる微妙な違和感。
　男性諸君、その微妙さは、男性がウォシュレットで興味本位に、ビデを使ってみた、あの時の感触に近い。
　留意してほしい。
　そして、俺はパンティーライナーにも真剣だった。
　すでに、パンティーライナーがぴったり装着できるように、タイトなボクサーズパンツへ見事な移行を遂げていた俺だったが、場合によってパンティーライナー１枚では受け止められないリスクがあることに気づく。そもそも、１個あたりの吸収力がそれほど多くない上、形状が大きいわけでないので狙った場所をはずす可能性があるのだ。
　頭を抱える俺に、インサイトフルなＣＭがリーチした。女優が、心配な日の時に、生理用品の重ね使いに腐心するシーンだった。
　次の日から、オフィスの22階のトイレに籠もっては、重ね使いに挑戦する日々。
　試行錯誤すること、数日、俺は３つの形状を使いこな

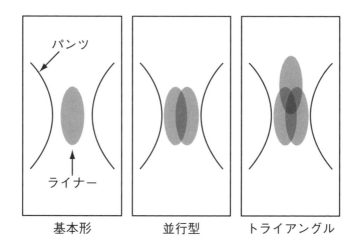

基本形　　　並行型　　　トライアングル

すようになっていた。

①1枚使い。基本形。出血がひどくない時には、これで数時間おきに取り替えればOKだ。なによりもフィット感があり快適だ。

②2枚並行型。出血が多く感じるとき用。痔の出血は場所が限られるので、縦列型よりも並行型がお勧めだ。

③トライアングル型。比較的多めな日中、でも夜用を使うほどでもない時用。①の快適さと、②の安定感を、同時に実現するモデル。その形状と万能性から、パン

1部　入院・手術・完治まで（神戸・梅田編）

ティーライナー界のトムキャット（注：F14。ベトナム戦争より投入された艦上戦闘機）とも呼ばれている。

　こんな試行錯誤を続ける俺を癒してくれるのは、生理用品の入った個包ケースのデザイン。
　ちょっと憂鬱な気分で個室に入り、俺ポーチからウィスパーを取り出す。
　その包み紙に目を落とすと、そこにはピンク色の花柄が咲き乱れている。
　　　　　　（＝´∀`）人（´∀`＝)
　憂鬱な気分だからこそ、こんなさりげない演出が心憎い。
　しかし、排泄作業はいまだ困難を極めていた。
　せっかく塞がり始めた傷口を、あっさりと蹂躙していく俺の排泄物。
　永遠に傷が治らないような錯覚に陥る。
　そして、トイレットペーパーで拭いても、拭いても、流れ出る血は止まる気配を見せない。
「拭けど拭けど、我が血とまらざり。じっと手を見る」
（歌意：どんなに拭いても拭いても、依然として私のお

尻から血が止まらない。私はじっと手を見る（掛詞）。）

　俺はデスクに戻ると、1句詠み、苦々しくロキソニンを噛みしめた。

　そうこうするうちに、シートン法ならである、隔週のゴムを締める治療が近づいていた。俺は週をまたいだ木曜日、大阪北逓信病院を再度訪れることになる。

肛門切るなら、麻酔くれ

　2008年も半分をいつの間にか過ぎていた。
　7月の最初の木曜日、俺は午前休を取ることをチームに告げる。
　肛門にゴムを装着してから2週間、いよいよシートン法のゴム締めに挑む日がやってきた。
　再度解説しよう。
　シートン法は、そのどうぶつ奇想天外！　なかわいい名前と裏腹な、数ヶ月かけて肛門を切断する、ブランドマネージャー全身悶絶！　な治療法なのである。次頁が図解だ。

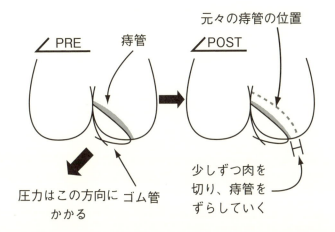

　この説明で、歯列矯正を想像するものも少なくなかろう。正解、原理は同じだ。

　痛みが上で起きるのか、下で起きるのかの違いみたいなものだ。

　大阪の夏は早い。7月初旬ですでに30度を超える空気は湿度を帯び、桜川に面する天満の自宅から大阪北逓信病院までの15分を歩くと、俺の額と天然パーマには、自然と汗が走る。

　街を行き交う人々にとってはただの365分の1日。

俺にとっては、あっち側へ足を踏み入れる1日。
　さながら、2008年痔ろうの旅、という風情だった。
　なじみ深い大阪北逓信病院のスロープをゆっくりと登る。
　5日間の入院生活を経て、守衛さん・事務員ともすでに顔なじみだ。
　俺は会釈をしながら、診察券を差し出す。数分後、俺は肛門科に呼ばれた。
　部屋に足を踏み入れると、俺にゴム管を装着した先生と看護師さん達の顔が目に入った。

先生「お久しぶりです。お尻の調子はいかがですか？」
俺「特に問題ありません。痛みで眠れないのと、椅子に長時間座れないのと、トイレで毎回七転八倒なのと、シャワーが滲みて意識が飛びそうになるくらいです」
〈男の子は痛くでも我慢だ〉
　ここでも父の教えが思い出される。お父さん見てくれ、俺はここでも立派にやせ我慢をしているよ。
先生「でも痛み自体はひいてきてるでしょ。手術から2週間断ちましたからね」

さすが大阪のベテラン名医だ。仰るとおり、痛み自体は続いているものの、手術当初に比べると痛みは軽減されてきている。はたして、今日はどんな診察をするのだろうか。

先生「じゃぁ、早速締めましょう」
　え、ちょ、ちょっと。まずは診察だけとかじゃないの？
先生「じゃぁ、ベッドに横になってください」
　え、せ、先生。パンツの裏側は見られたくないんだけど！
先生「じゃぁ、パンツ下ろしますね」
　ま、まじで、やばい。そこには、そこには、今日も万能なトライアングル型を誇る俺のウィスパーが眠っているんだ！
　そんな俺の心の叫びはまったく看護師さんの耳にも入らない。パンツの両端に指をかけると、ウィスパーごとパンツは、クルンと巻き下ろされた。うっすら血が混じる俺のトムキャットが丸見えになる。
　あな痔があったら、入りたいとはこのことだ。

いきなり施術に入る雰囲気を悟った俺。
「初めてなんです。優しくしてください」
　28年の俺人生の中で、the OTOMEST（最上級）なセリフを、天に向かってそっと唱える。
　肛門科の常だが、背後から先生と看護師の熱視線が俺の肛門に突き刺さる。
先生「順調に患部が切除されて、ゴム管が緩んできていますね」
　神にすら祈る俺の寂寥感を知ってか知らずか、先生は着々と指で肛門を調べる。
　看護師によって体ごと固定された俺は、先生にむき出しになっている尻を向けながら、次なる恐怖にその小さな体を硬くする。
　その刹那、俺の肛門に違和感が走った。

「ゴムが引っ張られている！　今日は麻酔なしでいくんだ…」

　先生はピンセットを手にすると、器用に俺の肛門に埋まるゴム管を引っ張りはじめた。シートン法の宿命、そ

1部　入院・手術・完治まで（神戸・梅田編）

のゴム管の存在価値は、俺の肛門をゆっくりと確実に切り開くことにある。この２週間で少しずつ切り開かれた俺の肛門にとって、このゴム管は緩慢になっていた。

　先生が高度なマニピュレーターを髣髴させるピンセット使いで、ゴム管を勢いよく引っ張る。俺の口から、引きつれた叫びがこぼれる。

　強烈な一締めが俺を襲う。きつく閉じたまぶたからこぼれる涙が、俺の頬を走る。

　更に締め上げていく。声にならない咆哮が病室のコンクリートに吸い込まれている。

　最後にピンセットでゴム管を力強く結びとめていく。

　俺は涙とともに、体力も気力も奪われ朦朧としていた。

「シートン、俺も疲れたんだ。なんだかとても肛門が、締め上がってるんだ…」

　きつく閉じた瞼の向こうには、『フランダースの犬』ばりに天使の姿が見えたという。

　１時間後。俺は梅田から住吉へと向かうJR線に乗っていた。

　シートン法は、ゴム管で肛門に適度に圧をかけながら

患部を引き切り、しかし日常生活はなんとか送れるほどの痛さ、という絶妙のバランスの上に成り立っている治療法である。俺は生理用品を夜用スーパーに取り替えると、その痛さに耐えながら、なんとかオフィスへの道程を1歩ずつ踏みしめる。

　11時ごろから手術は始まったので、神戸のオフィスに着くのは午後1時ごろ。

　俺が到着するころには、オフィスはランチから戻ってくる社員たちでごった返していた。

　8基あるにもかかわらず混雑するエレベーターに、やっとのことで飛び乗る俺。あとは22階まで登る数十秒を我慢するだけ。

　そんな十数人が乗り込んだエレベーターの静寂を、突然大きな声が切り裂いた。

「おぉ、お前、痔になっとったなぁ。どや、まだ傷口痛むんかぁ。ほんま、はやく痔が治ったらええのになぁ」

　先日、立ちながら仕事をする私を見物に来てくださった、営業ディレクターの相田さんだった。

　エレベーターは一瞬のうちに爆笑に包まれる。

　俺の痔を慮って声をかけてくれる彼の優しさを感じつ

つ、シートン法を受けた日が、俺が社内恋愛を諦めた記念日と相成ったことを悟った。

このゴムを締め上げる作業は、2週間に1回行わなければならない。

大阪の夏は始まったばかり。いつ終わるともしれない1歩を踏み出した俺の頬を、瀬戸内海の湿った風がよぎる。

ピンクの小悪魔

シートン法とともに迎えた夏は長く感じられた。

大阪北逓信病院に通う頻度は2週間に1回。

病院に行くたびにきつく締められる俺の肛門は、ゴム管によってゆっくりと切除されていき、そして2週間が経つとだいぶ緩まる。そして、2週間後の木曜日にはまた締められるのだ。

ゆっくりとした切除法のため、他の手術法に比べると後遺症のリスクは低い。

しかし、3〜6ヶ月かかる治療法のため、さながらゴム管と俺の肛門の、根気比べのような様相を呈していた。

「生きるために肛門を切っているのだろうか、肛門を切るために生きているのだろうか」

痔問痔答する日々が続く。

しかし、ビジネスは死なない戦争だ。ブランドマネージメントのハブの存在である俺が止まるわけにいかない。

「The first-quarter profit did not meet its target, due to my anal problem.」

こんなこと、アナルが裂けても言えるわけない。プロフェッショナルは、自分で責任を取るものだ。

俺はパフォーマンスを保つため、３つの文明の利器に頼ることにした。

まず最初に紹介するのは、定番中の定番アイテム、生理用品だ。

今までの記述を見てもらってもわかるとおり、俺はどうせ生理用品を使うなら、将来のガールズトークに備えて、とことん使ってやろうと決めていた。

ウィスパー、ロリエ、ソフィー、Megami…。

やはり最終的に生理用品を決めるのは、コットンのような肌触り、吸収力からくる安心感、肛門へフィットする形状。俗に言う生理用ナプキンの３Ｃ（コットン、吸

収力、肛門)だ。

　ナプキンを使っていても、常にモレは気になるものである。

　ちなみに、ナプキンをつけた日に、白いパンツスタイルで外を歩くことがどれだけ勇気がいることか。想像できない男性諸君には、猛省を願いたい（俺はベージュのボトムでもドキドキだ）。

　そして、2008年、天満駅前のダイコク、コクミン、オーエスで生理用品を買い漁っていたこの俺から、一言もの申したい！　いつも黒いビニール袋に入れてくれた店員の皆さん、ありがとう。

　睡眠も、痔の患者にとっては頭の悩ませどころ。

　次に2つ目の文明の利器、ロキソニンを紹介しよう。

　そもそも睡眠時の姿勢で、仰向けなんてもっての他。肛門へのリスクが高すぎる。ミティゲージョンプランとしてお勧めなのが、「うつぶせ」。こいつは、息苦しささえ我慢すれば、肛門への負担は軽くなる。軽くお尻を突き出すと最良だ。

　しかし、ゴム管で縛られている俺の肛門は、24時間

火の玉ボーイ。ここで、ロキソニンの登場だ。医療関係者だけでなく、一般の人にも広く知られる鎮痛剤。こいつは病院で普通に処方される。

このロキソニンの真骨頂は睡眠時。どんな姿勢をとっても続いていた痛みが遠のき、俺に安眠のときが訪れる。

ロキソニンに対する唯一のリスクは、キムチ。当時、俺は天満をルームシェアしていたのだが、シェアメイトが友人を呼んでキムチ鍋を作っていた。ロキソニンに満幅の信頼をおいていた俺は普通どおり食べたのだが、その夜俺の肛門は、全盛期のヴァンダレイ＝シウバのように大暴れし、ロキソニンも焼け石に水だった。

まさに痔業痔得。「キムチは寝て待て」とはこのことだ。痔の手術直後の人は万全の注意を払ってほしい（完治すれば問題ない）。

最後に紹介する３つ目の文明の利器は、コーラックだ。

私の世代の人はぎりぎり覚えているであろう、あの「ピンクの小粒コーラック」だ。

肛門にメスを入れている患者にとって、固い排泄物は鋭利なナイフと同様だ。病院もそれを理解していて、入

院初日から軟便剤が投与される。

しかし、退院してから軟便剤の在庫が尽きたときには、コーラック。こいつを朝に1粒飲むと、驚くほど排泄作業が楽になる。

ウォッチアウトはその分量。説明書に書いてある上限である3錠を摂取すると、かなりスプラッターな状況に陥る。ＪＲ神戸線を通勤で利用していた俺は、大阪駅、芦屋駅、住吉駅の各トイレを使う羽目になった。これでは、何個肛門があっても足りない。

コーラックの説明書には「症状に応じて3つまで」と書いてあるので、3つ必要な女子もいるのだろう。そんなあなたを、俺は心から応援している。

後日談：俺のルームメイトは、当時職場でダイエット大会をしていた。どうしても勝ちたかった彼は、説明書も読まず「コーラックもらっていくよ」という威勢のいい言葉とともに、3つ口に放り込み出社していった。

1時間後の午前9時、「あかん、トイレから出られへん。あいつは、ほんまやばいで。ピンクの小悪魔や」という瀕死のメールが俺に届いていた。ジェイソン並に目

も当てられない残虐な陰惨な現場だったと聞く。でも、彼は、一応、ダイエット大会は優勝したらしい。完全にドーピングだ。

どんな道具、薬だろうと勝利のためなら使ってやる。目的のためには手段は選ばず。

冷徹なマキャベリストの俺と、痔ろうとの戦いは最終フェーズへ向かっていた。

人生で大切なことはすべて痔ろうが教えてくれた

6月に手術を受け、7月からゴム管を締めることで、肛門をゆっくり切除する生活が始まってから、俺の朝のリズムは一変した。

通常時の①起床 → ②朝食 → ③歯磨き → ④着替えて出発、という一定の朝のリズムの③と④の間に、a) お尻をシャワーで洗浄→ b) 脱脂綿で優しく拭く→ c) パンティーライナーを3枚重ね→ d) パンツを穿く、という4ステップが追加される。もちろん帰宅したら、そっ

とパンティーライナーははずし、夜に備えきちんと安心の吸収システムを備えた朝までガードタイプのウィスパーに切り替えることは欠かせない。これで朝への不安もなくなって、熟睡だ。

　時は、ゆっくりと、しかし確実に流れる。
　9月はプロジェクトの激務に悲鳴をあげ、俺の肛門も未だゴム締め上げに悲鳴をあげていた。
　10月はプロジェクトのレビューに追われ、俺も時間を縫うように大阪北逓信病院を訪れては治療を続けていた。
　11月はHolistic Marketing Planを歯を食いしばってデリバーし、俺も肛門括約筋を食いしばってシートン法をデリバーし続けた。

　気がつけば、手術から半年経とうとしていた。そしてすべてのことには終わりがあることを、永遠と思われた俺と痔ろうの関係性にも終わりがあることを知ることになる。

11月を過ぎると大阪の朝はぐっと冷え込む。

　俺は6時ごろに起床すると、アナル最優先の献立、ヨーグルト&バナナを無造作に胃に流し込む。

　歯を磨いた後に、俺は浴室に入ると、寝ぼけ眼のままシャワーのノズルを肛門に向ける。

　お湯を掛け始めて数秒、不意に「プツンッ」という小さな反応を臀部に感じた。

　寝ぼけたままだった俺だが、瞬時に悟った。これがシートン法による痔ろう治療が完了したしるしだったということを。

　検証するためにシャワーのノズルを回し止め、浴槽に這いつくばる俺。

　その俺の視界には、排水溝へと流れ込んでいく、ゴム管が目に入る。

　俺は頭から猛然と飛び込み、すんでのところでキャッチに成功した。尻ゴム危機一髪だった。

　今まで俺の肛門に埋まっていたため、正対したところ見たことがないゴム管。

　俺は浴室の寒さに震えながら、水蒸気にかすむライトにかざして見た。市井の人々には、ただの円形ヒジキに

肛門から取れた状態のゴム管

結び目

見えるかもしれない。
　だが、このゴム管は、俺にとっては半年の苦闘をともに乗り越えたかけがえのないバディーだ。

「やっと会えたね」

　俺はそっと話しかけた。
　俺は片時も離れたくなかった。
　先ほどまで肛門に埋まっていたゴム管を手に取ると、コートのポケットに入れて俺は出勤する。
　天満から環状線に乗り込む。

「今までも、これからも一緒だからね」

　俺はゴム管を取り出し、指の上で撫でたり擦ったりして、感動の対面を味わう。

　ゴム管はループ状の形を保っていた。しかし、長い日々をかけ少しずつ締め上げていたので、その直径はだいぶ小さくなっており、薬指の第2関節くらいになっていた。

　オフィスが近づくにつれ、俺はそっとティッシュに包み込むと、しばしの別れを告げカバンの定期入れの中に差し入れて出勤するようになった。

　だが、数日の時をともに過ごし、俺は気づき始めていた。

　出会いがあるから別れがある。このゴム管ともお別れのタイミングだと。

　所詮、俺はこっち側の人間、ゴム管はアナル側の存在だ。交わることはない。

　そして、保管しておくことに、あんまり価値がないことに遅ればせながら気づいた。ときどき薬指にはめて悦に入るくらいだ。

俺は心を鬼にしてトイレの前に立った。
　ゴム管をＴＯＴＯのトイレに投げ入れた。

「もう２度と、俺の前に現れるなよ」

　俺は零れ落ちそうになる涙をこらえ、金属のレバーをぐいっと押し込む。
　ゴム管は勢いよく、水流に飲み込まれていった。
　流れたゴム管は振り返らない。痔ろうとも、ゴム管とも完全なる決別を遂げたのだ。
　俺は完全につながった肛門とともに、新しい１歩を歩み出した。
　見慣れた梅田の風景が、こころなしかいつもより澄んでいるように見えた。

　2008年、突然の痔に襲われてから７年もの月日が流れた。
　痔ろうになんて、ならないほうがいいに決まっている。痔ろうになって、俺が手に入れたものは、圧倒的な肛門の知識と、ドラえもんの円形クッションくらいだ。

だが、俺の愛読書『ブッダ』にあるように、人間の悩みの多くは物事の捉え方から来ているのであって、「物事を正しく見、正しく思い、正しく話し、正しく仕事をし、正しくくらし、正しくつとめ、正しく祈り、正しく生涯を送る」ことが肝要であるということを闘病生活を送ることによって学んだ。

　痔だから恥ずかしいのではない。それをゆがんだ目でみる自分の心が恥ずかしいのだ。

　痔である自分をどう正しく捉え、それに対する自分の行動に自覚的であることが試される。

　風邪や、花粉症のように、痔のことが普通に話せる社会が訪れることを、俺は切に祈りながら、ペンを置くことにしよう。

　　大磯プリンスホテルで風を感じながら　　糸山尚宏

元外資系ブランドマネージャーが語る痔闘病記

2部

チャイナタウンでの激闘記
(シンガポール編)

維新の巨星、高杉晋作・久坂玄瑞などを輩出した「松下村塾」。その主宰者であった吉田松陰の言葉に、「且つ目前の安きを偸(ぬす)む」というものがある。「目先の安楽は一時しのぎと知れ」という意味だ。

　日本から離れること6000km、シンガポールの地で、俺はこの言葉を噛み締めていた。

マスカットとの再会

　2011年4月。

　時が流れるのは早いものだ。

　俺がシンガポールに来て2年、痔の闘病を乗り越えてから2年半が過ぎようとしていた。

　2009年6月、日本でマーケターとして躍動する俺を、シンガポールは見逃さなかった。突然訪れたシンガポール転勤へのオファーを、俺は躊躇なくアクセプトした。ついにマーケターとして俺が活躍する舞台がグローバルになる日が来たのだ。

「汗水流して、体液流して、喰らいついてきた甲斐があったというものだ」

2部 チャイナタウンでの激闘記（シンガポール編）

　栄光と、苦節と、パンティーライナーにまみれた年月を俺は思い出しつつ、新たなチャレンジに胸は高まる一方であった。

　シンガポールでのマーケター人生は、簡単なものではなかった。
- 上司、部下、チームに国籍なんて関係ない。1つの会議で10以上の国籍が入り乱れることのほうが普通だ
- 当然のことだが、すべての仕事は英語で行われる。日本語なんて、シンガポールの眠らないリトルトーキョーこと、カッページプラザ（注：Cuppage plaza。シンガポールの日本人向けのお店がたくさん入った商業ビル。東京ミッドタウンのようなビルを想像していただければ1、2割はあっているだろう）でしか使わない。
- 「カーッパッ」「カーッパッ」と話しかけてきて理解できなく無視をしていると、「Car Park（カーパーク）」へと連れて行ってくれる強烈なシングリッシュのタクシードライバー。「カーッパッ」（Car Park）と、「カーッペッ」（Cuppage）の違いは要注意だ。

　シンガポールで働いている人ならおなじみの必ず直面

する基本的なチャレンジ。しかし、人生はあきらめない限り乗り越えられる壁の連続だ。俺はグローバルマーケターとしての第1歩を歩み出していた。

　その時、俺の臀部は完全に落ち着きを取り戻していた。
　2008年に行ったシートン法は、俺の症状には的確な処置だったようだ。ゴム管が取れた後はまったく問題のない日々。当初、各方面から心配された、熱帯性気候による肛門まわりの湿度上昇→衛生状態の悪化も、ユニクロのメッシュタイプのパンツをはくことによって解消された。
　当初はシンガポールの居酒屋「なごみ」で繰り広げていた俺の痔トークも鳴りを潜め、人々の記憶からアナルの記憶も消え去ろうとしていた。
　まさに、アナル歴ロンダリングの完成まであと1歩まできていた。

　シンガポールは旧正月が終わる2月頃から乾季を迎え、日中は外に立っているだけでも汗がにじみ出る。
　その日も暑い4月の土曜日だった。

2部　チャイナタウンでの激闘記（シンガポール編）

　Raffles Placeのthe SAILといわれるコンドミニアムに住んでいた俺は、好んで通っている足つぼマッサージ店「Young SPA」があるChinaTownへの道を急いでいた。

　日本と違い、シンガポールの歩道は舗装が十分されていないことが多く、30センチほどの段差を幾度も乗り越えなければならない。

　そんな道中の雰囲気がいつもと違う。

　乾季もそのピークに向かいつつあり、気温がいつもより高いのか？

　開発が進むシンガポールは工事の数が多くいつもよりも歩きづらいのか？

　インドネシアの焼畑農業から流れてくるヘイズ（煙）のせいで息苦しいのか？

　いや、違うのはシンガポールじゃねぇ。

　俺だ。何かが、何かがおかしい。俺はグローバル組織のプレッシャーに耐え抜いてきた、俺の内なる叫びに耳を傾けてみた。

「お尻が、痛いよ」

この俺が、痔…!?

俺は耳を疑った。

そんなわけない。シートン法は完璧だったはずだ。

シンガポールに来てから始めたロードレーサーの鋭角サドルをものともしない臀部。毎晩レッドブルで鍛え上げられた俺の肉体。あな痔は手術でしか完治しないが、手術をした場合の完治率は大変高いはずだ。

俺はChinaTownの名店の中華料理店蘭州拉麺の隣にある、トイレに飛び込む。

右手の指の腹を、そっとあてがう。

次の瞬間、俺の中指は、その先にマスカット大のしこりを確認した。

「あぁ、キング師匠。あなただったのですね」（P.144 Q2参照）

シンガポール生活痛恨の、あな痔（痔ろう）再発のはじまりだった。

喫緊のChinaTown痔分探しの旅

壮絶な大阪梅田での闘病を乗り越え、痔ろうを完治させた俺には、信じがたい指ざわりだった。

あてがった手を、上下左右にスライドさせてみる。

しかし、スライドさせればさせるほど、確信に変わっていく。

紛うことなき、見事なマスカット。

悲しいかな、闘病を経たことで俺の肛門に関する知識は、外資系ブランドマネージャーの中では他に肩を並べるものがいないほどになっていた。以前にも述べたが、痔には3つの種類がある。いぼ痔、きれ痔、あな痔の3つだ。

そして、あな痔（痔ろう）の完治手術を受けた俺は、俄かにはあな痔が再発するとは考えられなかった。

1度はキング師匠（あな痔）かと思ったが、やはり違うのではないか。

俺はチャイナタウンの屋台が立ち並ぶ雑踏の中で仁王立ちになり、考えた。

この俺が、痔…!?

今回の症状は、
①足を大きく上下させると（臀部に刺激を与えると）痛い
②出血はしていない
③マスカット大の腫瘍がある

　俺の脳内で、痔ナプスが結びつきあう。
　額を汗が流れる。
　俺は仮説にたどり着いた。
「今回は、いぼ痔だな。（たぶん外痔核）」

　いつの世も、人間は理性的に考えることにより、理性的でない結論にたどり着く生物だ。
　俺はいまだ、チャイナタウンで立ちつくしている。
　いぼ痔は、静脈がうっ血することで、腫瘍ができる肛門の病気である。
　ということは、血流をよくすればいいに違いない。
　それにはつぼを刺激するに限る。
「そうだ、マッサージ行こう」
　俺は、チャイナタウンにそびえ立つマッサージ店

2部　チャイナタウンでの激闘記（シンガポール編）

「Young Spa」へと足を向かわせた。

　解説しよう。

　Young Spaとは、俺の知り合いが疲れたというたびに、紹介する名店だ。TanjonPagarの鍼マッサージと双璧と呼ばれている。どこらへんが素晴らしいか、ポイントは3つある。

①足つぼ40分、全身30分というコンビネーションにもかかわらず40ドルという価格設定。日本円で2500円くらい。

②だいたい予約なしですぐ開始できる。仲良くなると、夜の11時ごろに行っても受け入れてくれる。

③店員がフレンドリー。仲良くなると、かりんとうみたいなお菓子を、ティッシュにくるんで持たせてくれる。

　まだ問題が大きくないうちに処置をするのが一番。

　いぼ痔なら、うっ血がひどくなければ手術をしなくても治るはず。

　ビジネスも同じ。問題を予期して、大きくならないために具体的なアクションを取ることが大切。

　俺は受付の女性に、流暢な英語で注文する。

「フットフォーティー、ボディーサーティー、ヤー」

この俺が、痔…!?

３年間、シンガポールで揉まれたグローバル人材として文句なしの英語だ。
　その時、俺は気づいていなかったんだ。
　危機は、今そこにあるってことに。

　足つぼはなんなく終わった俺であるが、ベッドに横になりボディーの指圧が始まると異変を感じ始める。
　いつも通りマックスな力でのマッサージを注文した俺だが、体を押されるたびに、予期せぬ場所が痛む。
　肩甲骨を押し込むと、肛門が痛い。
　腰椎を押し込むと、肛門が痛い。
　大腿部を押し込むと、肛門が痛い。
　どうやらうっ血はかなり進行していて、今は臀部に力を入れるだけでも痛みが出るほどになっていた。
　俺は知っている。Young Spaは最後の締めで、お尻をぐりぐり押すことを。
　マスカットが破裂することは必至。俺は後ろ髪をひかれながら、残りのマッサージをやめてもらい、シンガポールドルをトレイに置くと無言で立ち去って行った。

2部　チャイナタウンでの激闘記（シンガポール編）

とんでもない土曜日になってしまった。

シンガポールでは、朝起きてはコンドミニアムのプールで泳ぎ、ディナーはマリーナベイサンズに通いつめ、ランチはウェンディーズのチリスープを1人で飲み、朝食はホーカーズ（屋台村みたいなもの）のビーフンを胃に流し込む、悠々自適の生活を楽しんでいた俺に再び降りかかった災厄。

ChinaTownを駅に向かって行くと、西日が正面から照りつける。

暗く沈んだ気持ちは、経済成長を背に明日がもっとよくなると信じてやまないシンガポーリアンとは対照的だ。

そもそも、自分がいぼ痔なのか、あな痔なのかもわからない。

さながら、痔分探しの旅。

俺はとぼとぼと歩く。

ふと右手に、漢方薬の看板が見えた。

何かを期待していたわけじゃない、だが俺は吸い込まれるように店に入っていった。

「すごい！！」

店は東洋医学、西洋医学の区分なく、様々な薬が陳列

この俺が、痔…!?

してある。

　土曜の午後、客でごった返している。

「ここなら、ここなら、あるかも！！」

　そのダイナミックな陳列、客の多さがトリガーとなり、完全にスイッチが入った俺は店を隈なくサーチし始めた。

　腰痛、風邪、喉の痛み、肥満、若はげ、水虫……。

　近づいてきた、近づいてきた、ジャンル的に近づいているぞ。

　はやる気持ちを落ち着かせながら、視線をすべらせた先に、俺は発見した。

　痔の薬、中国4000年のAuthenticityを感じさせるパッケージの痔の薬だった。

アナルを整える

　若はげ、水虫などの薬の横に、威風堂々と並ぶ痔の薬たち。

　そのパッケージに目を走らせると効能が記されている。

　中国語は読めないが、漢字の並びから、効能が、血の流れをよくし、痛みを抑え、炎症を止めるらしいことが

2部 チャイナタウンでの激闘記（シンガポール編）

想像できた。

俺がいぼ痔と思ったのには3つの理由がある。①肛門の周囲に腫瘍があり、②出血はなく、③あな痔の完治手術は受けていた。ならばうっ血を排除する効能をうたう飲み薬が最適であろうと俺は結論づけた。

俺は並ぶパッケージから一番うっ血によさそうなものを購入すると、帰路についた（ちなみに、出血している場合は、きれ痔か、大腸のもっと大きな問題である場合が多いらしい。「うぁ、あな痔って大変なんだね。俺は血が出るただの軽いきれ痔だからよかった」と言っているあなた、今すぐ荷物まとめて肛門科へ行ってください）。

プロフェッショナルなマーケターとして、常に100％パフォームするために、体をメンテナンスすることは当然だ。

筋トレとか、有酸素運動とか、加圧トレーニングなんて古い。時間がないなんて言い訳、言語道断。
「アナルを整える」
ビジネスパーソンならこれに尽きる。

この俺が、痔…!?

これこそが勝利をたぐり寄せる秘訣だと、俺は経験則から知っていた。
　家に帰るとさっそく薬を開ける。
　薬自体は、サプリメントのオメガ3のような形状、小指の第一関節くらいの大きさ、色は漆黒だ。
　1日3回、食後に飲むらしい。その日から、俺の仕事用かばんに、痔の薬がジョインすることとなった。
　朝、ヨーグルトとバナナと一緒に、痔の薬。
　昼、ウェンディーズのベイクドポテトと一緒に、痔の薬。
　夜、ホーカーズ（屋台）のパッタイと一緒に、痔の薬。
「やると言ったらやる」
　ただひたすらに俺は痔の薬を食後に飲む。
　薬のパッケージには大々的に「痔」と書いてあるので、ビタミン剤の容器に移して持ち歩き、飲む。
　知り合いに「それ何？」って聞かれたら、「サ、サプリメントに決まってるだろ～」とへらへら笑いながら、飲む。
　そんな日が5日ほど続き、俺はオフィス19階のトレイの1室に籠ると、恐る恐る肛門を調べてみた。

2部　チャイナタウンでの激闘記（シンガポール編）

　痔の患者にとっては常識であるのだが、当時のiPod Classis、iPod Touchの裏側は、鏡面仕上げになっているので肛門を調べるのに最適であった。しかも手鏡と違って、トイレに持ち込んでも怪しまれないのでベストパートナーだ（Nanoだと小さいから非常に高いテクニックが求められる）。

　俺はiPodの鏡面仕上げの向こうに見える光景に愕然とした。

「赤いマスカットが消えてない……」

　俺は慌てながらも、息を整え、指をスライドインさせる。
「！！　しかも大きくなっているよ」
　これは、2009年と全く同じ悪循環のループ。自分で治そうとして、飲み薬だけでいいと自分で判断し、さらに深刻な状況を招いてしまった。
「俺たちは…何もかも…何もかも遅すぎたんだ」
　俺は中学生のころお世話になった、キバヤシさんのセリフを口に出さずにはいられなかった。

この俺が、痔…！？

シンガポール中心部から電車で10分ほどにある、Novena。そこにある、会社の19階のオフィスで俺は途方にくれていた。

　第二次世界大戦、ガダルカナル島、ブーゲンビル島で敗戦を喫した日本は、戦力の逐次投入 → リソースで常に不利→状況悪化、という悪循環に陥っていた。

　リソースで上回る場合の戦略である波状攻撃と違い、すでに旗色が悪い中での逐次投入は、さらに状況が悪化し、原状回復すら困難になる。

　俺はまさにこのトラップにはまったといえる。行きつけのマッサージ、処方箋なしで自分で判断しただけの飲み薬。中途半端な戦力の逐次投入。まさに、戦略論の教科書から逸脱したアクションであった。

　善は急げ、だ。

　2009年の経験から、痔の話を英語で伝えることの困難さが身に染みていた俺は、当時私が属するヘアケアの日本人リーダー的存在の加納さん（仮名）へと相談することにした。

　彼をハドルルーム（少人数の会議室）に誘い、俺はコ

2部　チャイナタウンでの激闘記（シンガポール編）

ンクルージョンファーストで切り出した。
「加納さん、痔になりました。一緒にごはんへ行ったときに飲んでいたのはサプリメントでなくて痔の薬だったんです。なんかいい病院知りませんか？」

　加納さんは健康体そのもの、痔とは無縁。痔に有効な情報を持っている可能性は限りなく低い。だが俺は藁をもつかむ思いだった。

　そんな俺に対して、加納さんは思いがけない言葉をかけた。
「おぉ、ほんまかぁ。せやったら、People's Park Complex（注：チャイナタウンにあるショッピングセンター）によさそうな痔の病院あんねん。紹介したろうか？」

　持つべきものは先輩・メンターである。公私ともに何度も助けてもらい、その見識の高さ、人としての器の大きさから尊敬を集める加納さんであるが、痔でも助けてもらうとは。

　俺は何度も頭を下げると、病院の場所を詳細にメモした。

　その時、俺は気づくべきだったんだ。
　加納さんの瞳に不思議な光が灯っていたのを。

この俺が、痔…!?

好奇心っていう光が、ね。

People's Park Complex シンガの衝撃

シンガポールで再発した、俺の痔。自分での処置に限界を感じた俺は、会社の先輩から病院の場所を教えてもらった。

「People's Park Complexか……」

5月に入りさらに暑さが増したシンガポール。

Stagnantな米欧日経済を尻目に、新たな世界経済の一極を目指す意思を首相が発したその勢いままに、シンガポールの人々の顔は自信と生気に満ちている。

そして、China Town。

その爆発的な勢いを肌で感じることができるChina Townは、シンガポールのマンハッタン。

People's Park Complexは、そのChina Townの象徴と言える商業都市。さながらシンガポールのエンパイアステートビル、といったところだろうか。

階下から全体を眺めると、その偉大な雄姿に言葉を失う。

2部　チャイナタウンでの激闘記（シンガポール編）

　網膜をかつてなく刺激する、鮮烈な黄色い壁。
　熱帯の太陽を反射し煌めく物干しざおは、コンクリートジャングルに散らばるダイヤモンドのようだ。

　俺は土曜の朝、1人、このPeople's Park Complexに足を運んでいた。
　この人でごった返すビルの3階に、痔の病院がある、と加納さんは教えてくれた。
　不安でないと言ったら嘘になる。
　勤務して2年とはいえ、シンガポールで本格的に病院に行くのは初めてだ。しかも、相手は1度壮絶な闘病生活を強いられた痔だ。
　しかし、俺は知っている。不安はその原因を解消しない限り消えることはない。原因を解消しないで不安だけなくしても、砂上の楼閣のポジティブ思考でしかない。
「Own your life. Own your anal」
　人生は自分自身で導くもの。
　俺は後ずさりしそうになる自分の足に喝を入れながら、1歩1歩進んでいく。
　地上通路を通り、いよいよ俺はビルの3階に入った。

この俺が、痔…!?

加納さんの書いてくれた地図を片手に握りしめながら歩くと、足つぼマッサージが並ぶ中、病院らしい看板がかかったお店が目に留まった。
「これか？」
　俺は身を寄せる。
　次の瞬間、俺は驚愕に戦慄した。
「？　なんかたくさんの写真が。記念撮影？」
　数えきれないほどの痔のリアル写真と、痔の治療風景写真が、入り口に敷き詰められているのだ。
「帰っていいですか？」
　俺は後ずさり寸前だ。
「もはや、なかったことにしてもいいですか？」
　しかし、Own your life. Own your anal.
　俺はすんでのところで踏みとどまり、病院の門をくぐったのである。
　中に座っていたのは、インドネシア人の夫婦と思われる医者。柔和な笑顔をこちらに向けて Can I help you? と声をかけてくれた。
　俺は、①１週間ほど前から腫瘍があること、②痛みがあるが出血はないこと、③今までに日本で同じ症状に

2部 チャイナタウンでの激闘記(シンガポール編)

なったことがあること、④そして今日は処置をしてほしくて来たことを、流暢な英語で伝えた。

インドネシア人の男性医者は、にっこりとうなずくと、奥の部屋に来るように手招きした。

その瞬間予想していなかったことが起きる。

往年の007さながら、壁にある小さな扉が開かれ、俺がその部屋に入ると、小さなおじいちゃんが座っていたのだ。

インドネシア人の男性は何かを男性に伝えると、そのまま笑顔で部屋を出ていく。

そう、インドネシア人は受付で、この俺の目の前に座っているおじいちゃんこそが先生だったのだ。

おじいちゃん先生は、先ほどの男性に負けず劣らず柔和な笑顔で俺にマシンガンのように話しかけてきた。

中国人のおじいちゃん先生「ニーハオ。ハオミンフンシェン、ヒラハンシ、シェンハーオ。ニイマオハー、スイセンシャーニー」
俺「……」
　みごとな中国語。

一言もわからない。

　帰っていいですか？

　もはや、ここに来たこと自体なかったことにしてもいいですか？

　いや、彼は俺のことを中国人と思っているだけかもしれない。シンガポールだし英語と中国語両方できるかも（シンガポールの公用語は英語だが、多くの人々は中国語もしゃべれる。

　折れそうになる心を必死に支えながら、英語で、①1週間ほど前から腫瘍があること、②痛みがあるが出血はないこと、③今までに日本で同じ症状になったことがあること、④そして今日は処置をしてほしくて来たこと、を伝えた。

中国人のおじいちゃん先生「マオシャイシェンフー、ニーオーマー、エーゴー、ハナシャナーイー、サイシェン、ツーハー」

　俺は本当に帰ろうかと思った。

　おじいちゃん先生は表情から、俺の猜疑感を感じ取ったらしい。

　おじいちゃん先生は、ベッドに歩み寄ると、バンバン

と強くたたき、ニヒルな笑顔を浮かべ俺に言い放った。

「Come on!」

それは英語で言えるんかい！！
こうして、俺は退路を断たれたのであった。

29歳また季節がひとつ過ぎていく

　帰るタイミングを逸した俺は、靴を脱ぐとベッドの上に体を預ける。
　この時すでに先生と俺は、言語を介した会話は形骸化し、レベルの高いボディーランゲージが繰り広げられていた。
　先生は、胸の前で腕を交差し、膝を屈伸させる。
俺「あぁ、タツノオトシゴのポーズのことね」
　俺はすかさず、体をくの字にして、横向きになる。
　先生は腰のあたりで、手を上下させている。
俺「はいはい、ズボンとパンツを下すのね」
　ズボンとパンツを膝まで下す。初心者はお尻だけ出せ

この俺が、痔…!?

ばいいと思いがちだが、この時は潔く膝まで下すのが肛門科のマナーだ。

　先生は、ビニール手袋を手に装着し、ニヤリと笑う。
俺「ばっちこい！」
　いよいよ指が入る。
　俺の臀部が押し広げられる。
　ゴム手袋で覆われた先生の指が、ゆっくりと、しかし力強く、肛門を侵食してくる。
　その時、先生の指と俺のアナルの距離、0.002mm。
「てか、痛いって！！」
　つい日本語で抗議する俺の言葉は、透明な存在となって先生の耳を通り抜けていく。
　まったく気にすることなく肛門を検査し続ける先生。
「ってか、痛いっつってんだろ！」
　全く臆することなく、指をくいくい動かすおじいちゃん先生。
「痛いっつってんだろ！　ドゥーユウ－アンダスタンンンンドウ！」
　おじいちゃん先生に対しても言葉は無力だった。

2部　チャイナタウンでの激闘記（シンガポール編）

　そして、数分後、すっかりおとなしくなった俺を前に、おじいちゃん先生は指を抜くと、部屋の奥からおもむろに人体模型を持ってきた。
　その人体模型は、肛門をあらわしていて、「内痔核」「外痔核」「痔瘻」というステッカーとともに、症状が再現されていた。
　微笑を浮かべながら、おじいちゃん先生はさっきまで俺の肛門を弄んでいた指を人体模型の上にすべらせる。
　指の先には、「痔瘻」のステッカーがあった。
俺「やはり、痔ろうだったか……」
　前回とは場所が違ったので、別の歯状線から進行したのだろう。
　仕事、プライベートへの影響などを総合的に考えはじめた俺。
　2009年のシートンな日々に思いを馳せ、あの闘病に苦しんだ日々を考えると、また同じことをしていかないといけないと思うと気が重くなるし、仕事もまたシンガポールで新しい担当になっ…。

「Come on!!!」

突然、俺の思考をさえぎる声。

視線をあげると、先生はベッドを叩きながら、再度ベッドに上がるように促していた。

俺「Well, before doing something, may I ask you to take me through what happened, and what treatment would be the best for my case?」（まず最初に、何が起きているかを説明し、何が最適な治療法か教えていただけませんか？）

先生「Come on!!!」

中国語、勉強しておけばよかった……。英語通じてない……。

数分後。ベッドの上で、再度タツノオトシゴのポーズをとり、壁側を向く俺。

背後では、先生が手術の準備をせわしなく始める。ピンセット、メス、ガーゼなどが銀色のプレートの上に並んでいくのがわかる。

いつからか、先生の奥さんだと思われるおばあさんが、助手のように参加し、様々な言葉が飛び交いはじめる。

先生「イーヒンシャー、ホーフーシャンミー」（見事な

中国語）

俺「ちょっと待てよ！ 切るの？ いきなり切るの？」

おばあさん「Take it easy. No Worry.」（彼女は、英語が少しだけできるらしい）

先生「ハフリャンシー、スースコンスィー」

俺「いや、だから、ちょっと答えてよ。俺、痔ろうだったんだよね？」

おばあさん「OK OK. Hold this」（なぜか、フェイスタオルみたいのを握らされる）

　言葉はわからなくても、緊迫感はわかるものだ。
　いよいよ何かが始まる！

「いたーーーーーーーい」
　まずは麻酔の注射のようだ。
　背後から来るからタイミングもわかりづらい。激痛が走る。
　息を整えていると、何か話しかけてくる。
　俺は知っている、この後は、肛門周囲膿瘍を切除することを。
　予想通りメスが当てられる。

「イダ、イダダダダダダ！！！」

悲鳴をあげる俺。

今までの経験でもあったが、肛門周囲膿瘍は膿がたまっている場所なので、麻酔が効かないようだ。

「イダダダダダダ！！！　もっと優しく切れよ、オラエー！」

常夏のシンガポールに、ミスターG1こと蝶野ばりの怒号が響いた。

数分後。永遠に思われる時間が過ぎ、切開後の処置が続く。処置が終わり先生とその奥さんは上機嫌になり、俺は切開完了という予想していなかった処置のスピードでぐったりしていた。

すると俺が握りしめていたNokiaのスマートフォンを目ざとく見つけた先生はカメラモードにするように要求。

俺と記念撮影かと思い、Nokiaのスマホを手渡すと、先生は嬉々として俺の肛門を何度も接写していた。

もはや振り返る力もなく、なすがままだった。

痛む肛門を我慢しながら、料金を払いに向かう。

中国語だけで書かれた領収書の下方に書いてある数字

2部　チャイナタウンでの激闘記（シンガポール編）

に目を落として俺は驚愕した。

1200シンガポールドル。

1シンガポールドルが65円とすると、日本円で80000円弱だ。

「高い！　高すぎる！　切除しただけじゃないか。なんでこんなにするんですか？」説明を求める俺。

しかしおじいさん先生も、その奥さんも、ほとんど英語が通じない。

しばらく押し問答をすると、奥さんが、「Daughter, New York, Working」と言いはじめた。

どうやら、ニューヨークで娘が働いていて、彼女なら英語が少しできるらしい。

奥さんがニューヨークに電話をする。何か必死に伝えているようだ。

数分経ち、俺に代わるように催促し、俺はやっと娘と話した。

娘「1200 Singapore Dollars. 1200 Singapore Dollars.」

いや、だから、それは知ってるんだけど…。

俺は壊れたラジオのような娘との会話を終わらせると、敗北感に打ちひしがれながら1200ドルを置いて帰った。

この俺が、痔…!?

あな痔を閉じて、町へ出よう

　切除手術を終えた俺は、月曜日の朝に、俺に病院を紹介してくれた加納さんをハドルルームに呼び、詳細をアップデートした。

　中国語を話す医者のこと、肛門の写真をたくさんとられたこと、1200ドル払ったこと。

「おぉ、ほんまに行ったんかぁ。気になってん、あの病院。お前くらいしか痔のやつ知らんからなぁ。ほんまよかったなぁ」

　怪しげな肛門科への好奇心が満たされた加納さんの表情は、プライシング、ディストリビューションストラテジーを俺と話す時よりも嬉々としており、まるで地上に舞い降りた堕天使のようであった。

　人間がコンピュータと違う点は、忘れるというスキルを持っているということである。

　人は過去を美しいものへと変え、忌まわしい出来事は忘却の彼方に放つ。

　俺の痔再発も、その例外ではなかった。

2部　チャイナタウンでの激闘記（シンガポール編）

　5月、6月はオフィスのホワイトボードというホワイトボードを使って、痔の解説を会社の同僚にしていた俺だが、一通りみんなに話し終わってからは次第に話題に上ることも少なくなっていた。普段の俺たちは、ブランディングエキスパート。ホワイトボード上に書かれる内容も、肛門の図解から、広告のコピーボード、プロフィットフォーキャストなどへと置き換わっていった。もはや、痔の名残は、俺の肛門に朝と夜に押し込まれる、スキンケア用のコットンくらいなものだった（切開したため、出血はわずかながら続いていた）。

　そして、社外では、俺はビューティーケアの外資系ブランドマネージャーとして通っている。痔であることは極秘だったので、社外ではその時、誰も知らなかった。

　そんな冷静な日々を取り戻しつつあった7月に、小さな事件は起きた。

　シンガポールの恵比寿と言われる、RobertsonWalkで食事をとり、家の方向が同じ後輩の石田くん（仮名・男性）と俺はタクシーを待っていた。その5メートル先に、シンガポールの社外の友達、杉下さん（仮名・女性）を

この俺が、痔…!?

俺は目にする。当然、3人で一緒に乗り合って帰ることになった。

　石田くんと杉下さんは初対面。

　シンガポールの夜は涼しい。俺は窓から入る風に肩まで伸びた髪をなびかせながら2人の自己紹介の会話を微笑ましく聞いていた。

石田くん「はじめまして。えっと、僕は石田って言います」

杉下さん「今日はタクシーありがとうございます。杉下です。私、タンジョンパガーなのにすいません」

石田くん「いえいえ」

杉下さん「お二人は先輩、後輩の関係なんですか？」

石田くん「はい。ところで、杉下さん、先輩って、痔なんですよ。知ってましたか？」

杉木さん「え…」

　い、石田！　ちょ、ちょっと、おまえ！

石田くん「あ、知らなかったんですか？　先輩、4月に痔が再発して、今お尻から血を流して生活してるんですよ」

杉木さん「…そうなんですね」

ブランドエクイティーは育てるのに時間はかかるが、一瞬で破壊することもできることを俺はこの時学んだという。

読者のみんなも、パーソナルブランディングをするときには留意してほしい。

数日後。杉下さんは、俺に人間の善意というものが、海よりも深いことを教えてくれた。

数日後から、俺の携帯のSMSに、彼女からのメールがたびたび入ってきたのだ。

「自転車レース出るって言ってたけど、サドルの摩擦でお尻ちぎれちゃわないかな。心配だよ」
「スキューバダイビングに行くって言ってたけど、水圧で肛門はじけちゃわないかな。心配だよ」
「飛行機で移動するって言ってたけど、気圧で痔ろうが爆発しちゃわないかな。心配だよ」

おそらく本当に俺を心配してくれている彼女のメールを読みながら、しかし、俺は大事なことを思い出してい

た。

　そう、痔ろう患者にとって肛門周囲膿瘍は終わりのはじまり。腸から体外までを貫く、痔管は体内に残っているはずなのだ。

　痔ろうは放置すると、体内で管が広がり、アリの巣のように分化していく。

　迷ったらGO。善は急げ。

　俺は、再度、痔の詳細な検査をすることにした。

　前回の教訓から、今度は日本語が通じる病院に俺は行きたかった。シンガポールの日本人がよく使っているという、病院に俺は検査を申し込む。

　依頼した検査内容は、「人間ドック」。健康に気を遣ってるんですよ〜、と見せながら、さらりと肛門の検査に持ち込む高度なストラテジーだ。

　身長、体重から始まり、視力、聴力、バリウム、エコーなどの検査が進む。異常は何もない。

　しかし重要なのはそこではない。フォーカスは肛門なのだから。

　ついに問診まで来てしまった。医者が俺に現時点での

結果を伝える。

先生「はい、今日はお疲れ様でした。健康そのものですね。今の時点で、何も問題なさそうです」

　ま、まずい！　このままでは終わってしまう。

先生「何もなければ、今日は終わりにして、詳細な結果を後日送りますね。何かありますか？」

　すごいある！　今、言わなければ。

俺「あ、あの、先生」

先生「はい？」

　外資系はコンクリュージョンファーストだ！

俺「ぼ、ぼくの、肛門も見てください」

　空いている肛門があったら、入りたい。そんな心境だった。

　先生は極めて真面目な顔をし、俺から今までの経緯を聞き出す。俺は2009年の1回目の手術のこと、2011年に再び肛門周囲膿瘍と思われるものを切除したこと、などを伝えた。先生は奥の部屋に入ると、シンガポール人の先生と看護師数名を連れて帰ってきた。

先生「この先生は、我々の病院の中で一番肛門・大腸に詳しい先生です」

俺「ナイスですね」

　俺は病院の幅広いキャパシティーに感嘆の声を上げる。

　シンガポール人の先生は俺にベッドの上に横になるように告げる。

　何度この風景を見ただろうか。読者の皆さんにはお馴染みのシチュエーションだろう。

　俺は痔の世界のデフォルトスタンダードと呼ばれる、タツノオトシゴの姿勢を取った。

　看護師に見られながら、俺の肛門の中に、シンガポール人の先生の指が侵入してくる。

　痔管は体内にあるために、触診で確かめるのがベスト。

　勝負は常に真剣勝負。Play to win, Anal to winだ。俺は歯を食いしばって、恥辱と痛みを我慢した。

　数分の触診が終わり、先生の指が離れ、俺はベッドから1歩ずつ足を下す。

　シンガポール人の先生は、日本語でのコミュニケーションも可能だった。

　そんな彼は、少しの間の後、俺に向かって口を開いた。
「はい、終わりました。大丈夫です。問題ないですよ」
　え？　大丈夫？　信じられない俺はすぐにクラリフィ

ケーションをする。
俺「でもこの前、膿瘍を切除したので、痔管が残っていると思うんですが」
先生「触診しましたけど、特に問題はないようです。痔ろうでも自然にふさがることもありますし」

なんと。そんなこともあるのか。
『あな切って、痔固まる』
古から伝わる諺の意味がやっと腑に落ちた瞬間だった。

人間ドックを受けた時には、すでに10月になっていた。一年を通じて、25度を超えるシンガポールだが、10月は雨季に近づいているせいか、風が爽やかにも覚える。

いや、爽やかなのは、季節だけの問題だけではない。

俺の体から痔がなくなり、明日から何にでもチャレンジできる気がする。

人の一生は、肛門に悩みを抱えて生きるには短すぎる。4月の再発から半年。2008年から3年。

痛みのある日もあった。羞恥を覚える日もあった。

しかし、今なら言える、これも運命だっ、てね。

そして、それを乗り越えることで俺は、①チャレンジする勇気、②人間の器と③肛門を、少しだけ大きくすることができたのだ。
　そして、「痔の治療で休みます」と言ったら100％許してもらえる特権も同時に築かれていた。

「あな痔を閉じて、町へ出よう」
　新たな決意が、自然と口からこぼれる。
　シンガポールの夕方、涼しくなった外気が、俺の顔を撫でる。
　俺は小気味よく、我が家のあるLavendarへと足を踏み出していた。

元外資系ブランドマネージャーが語る痔闘病記

痔いろいろ
Q&A

この節では、今さら人に聞けない疑問について、経験を通してお答えします。

Q1 痔の人って意外と多いの？

かなり多いみたいです。痔とは言い方を変えると、腸よりも低い位置に肛門を持つ人間が、二足歩行を獲得するとともにTakeしたRiskなのです。腸よりも低い位置にあるので、もともとのデザインよりも、肛門に大きな負荷がかかるんです。犬も牛も、他の動物は肛門が高い位置にあります。

なので、二足歩行である限り、我々と痔は切ってもきれない関係です。

「30歳以上女性の30％は痔」というレポートもあるとおり、想像よりも我々のまわりにも広がっている国民病ですね。

Q2 痔にはどんなものがあるの？

「いぼ痔」は肛門の内外に、うっ血してしまう痔で、日

本人の痔の50%を占めます。

「切れ痔」は肛門が切れてしまう痔で、日本人の痔の45%くらいです。

そして、残された5%が「あな痔」。これは、直腸に細菌が入り込むことなどにより腫瘍ができ、それが進行し最後は肛門の横まで穴が貫通してしまう痔のタイプです。あな痔はその仕組みからくる通称で、正式名は「痔ろう」といいます。激しい痛みが伴い、完治への道が長いことから、「キングオブ痔」とも言われています。

この3つの類型は、痔の経験を持つ人だと結構おなじみなので、「いぼですか、切れですか」と言われ、私が「いや、実は、私は『あな』なんですよ」と答えると、「お、キングですな！」というやり取りに発展することが多いです。

Q3 治療に保険は適用されるのでしょうか？

そもそも、日本国民は健康保険のもと、ほとんどの医療行為に保険が適用されます。しかし、一部の医療行為は、自由診療としてカウントされ、健康保険が適用され

ないケースがあります。

　自由診療かどうかは基本的に病院が意思決定します。なぜ肛門に関する治療を自由診療に設定する医院があるかというと、肛門に関する診療・手術には保険率が低く設定されているからです。

　つまり、保険率が肛門よりも高い内科や外科もポートフォーリオで持っている総合病院と違い、肛門にフォーカスしている医院は、良質の医療を提供したい、しかし肛門しか扱わないから経営的には厳しい。結果として、良質の医療を提供することを優先し、自由診療という道（健康保険が適用されない）を選択するのです。

　国民の30％が痔、といわれています。しかし、現実にはこの高い手術費用を負担することが難しく、慢性的に痔を抱えている人が多いのが現状。ぜひ、この状況が改善されればと思っているのも、本書を執筆した理由です。

Q4 痔ろうってどんなもの？

　痔ろうになるには、２段階あり、まずは「肛門周囲膿

瘍」という段階があります。

「肛門周囲膿瘍」とは、直腸と肛門の境あたりにある歯状線という部分にあるくぼみ（通常誰でも8〜12個のくぼみがある）に細菌が入り、炎症発生、膿がたまり、どんどんお尻の皮膚の方向へ進行した状態です。肛門の脇あたりがぽっこりしてきます。私が携帯カメラを使って撮影して見た感想は、「肛門界のマスカット」。

もうおなじみのフレーズですね。マスカットと聞いて、

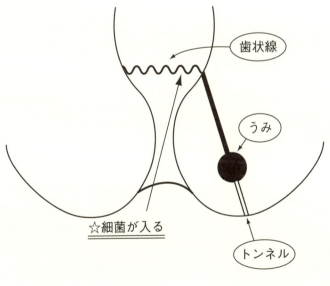

まず肛門周囲膿瘍を思い浮かべる方も増えてきたのではないでしょうか？　この「肛門周囲膿瘍」はメスで切開して膿を出すしかありません。

前ページ図で見ていただけるように、切開したら、歯状線からお尻の皮膚へとつながるトンネルが開通します。

このトンネルができあがった状態、これこそが「痔ろう」なのです。

私が、「２つの肛門を持つ男」と呼ばれる所以ですね。

Q5 若い人も痔になるの？

結論からいうと、Yesです。ただ、年齢を重ねてから体に起きる現象と、痔の原因がリンクしていることが多いので、結果として年齢が上がってからのほうが痔になる確率も上がるようです。

きれ痔の原因は、便秘が一番多いです。腸内で硬直化した便が、ナイフのように肛門を切り裂きます。排泄に痛みが伴い、余計便秘になり、さらにナイフがその刃を鋭くする、というきれ痔の悪循環にはまる人も多いと聞きます。

いぼ痔の主原因は、血行の悪化です。肛門周囲の静脈などが圧迫されることにより切れたり、うっ血することで、腫れていぼ痔となります。トイレで本を読むことが趣味の方など、要注意。トイレで本を読むことに耐えるように、肛門はデザインされていません。ちなみに出産の際にいきむことによりうっ血が起きることも多く、女性の割合も高めです。

最後にあな痔、言わずとしれたキングオブ痔の原因は、下痢と言われています。直腸と肛門の境目には歯状線と呼ばれる境界線があり、ここには肛門小窩と呼ばれる8〜14個のくぼみがあります。通常ですと、そのくぼみ自体は何ら問題はないのですが、肛門に高い負荷をかける下痢の場合は例外。その強いプレッシャーに押され、その小さなくぼみに細菌が入る、これが痔ろうのスタートです。

つまり、痔にとって便秘、血行の悪化、下痢は大きなリスクなのです。

この3つの症状は30歳を過ぎた人のほうが頻度は多いのですが、若い人とも無縁ではありません。現に私は2008年、27歳のときに、華々しい痔主デビューを飾り

ました。そして、手術後からベストな胃腸をキープするために始まった毎日ヤクルトを飲む生活。私の家に必ずストックされているヤクルトを見て、「え、なんでヤクルト？」という友人の方々。「え、あ、味が、好きに決まってるからだろ」と言っていたのは真っ赤な嘘です。ただの予防です（笑）。

Q6 痔でスキューバダイビングするとどうなるんですか？

グッドクエスチョンですね。

結果からいうと、全然ダイビングいけます。

私もよく2泊3日くらいでダイビングしていましたが、まったく問題ありません。おそらく体内の空気の圧力と水圧が常に均衡状態を保っているのではないでしょうか。

これと似た内容で「痔で飛行機に乗ると、気圧で痔が爆発するって本当ですか？」という質問もありました。

結論からいうと、爆発しません（笑）。そもそも、飛行機は与圧によって地上と同等の気圧なはずなので、問題ありません。

と自信満々に答える私ですが、実際、飛行機に乗る前

に「痔　飛行機　気圧　爆発」でGoogle検索したことは秘密です。

Q7 痔は血が出ることでわかるの？

結論から言うと、きれ痔（裂肛）は血が出ますが、いぼ痔（痔核）とあな痔（痔ろう）は出血しません。

きれ痔は、文字通り肛門が切れているので、排泄時に鮮血が残ります。

いぼ痔は、静脈がうっ血するのですが、患部が膨らみ痛いだけで、血は出ません。

あな痔は、直腸からつながる別ルートができ、そこが腫瘍になるので、血は出ません。

私のように腫瘍を切除したりすると、その手術の影響である一定の期間出血が続きます。

「私は血が出てないから大丈夫」といわれる方がいますが、後者の2つは血が出ないだけであって、痔であるケースもあるので気をつけてください。

そして、完治の難しさから既に痔のキングである上に、腫瘍ができるまで気づきづらいというステルス機能も併

せ持つあな痔には、畏敬の念すら覚えてしまいますね。

Q8 痔は日本人特有の病気なの？

　韓国人の方を含めて話しているときに話題になったのですが、結論からいうと人種は関係ありません。

「Q＆A」の最初でも述べましたが、痔は、2足歩行という、肛門が腸よりも低くなる生き方を選んだ、人類共通のリスク。一説ではアメリカ人の8割（この数字は少し違っているような気もしますが）は痔、というレポートもあるように万国共通の病気です。

　ただし、他の国の方は痔でも、我慢したり、薬で散らしてしまったりすることも多いようです。

　私が人生を謳歌していたシンガポールでも、薬局・漢方薬の店では「痔」と大きく書かれている薬が売られています。

　外国人で一番有名な痔の人は、ルイ14世とナポレオンでしょう。

　ルイ14世は、当時の健康法の一種、「浣腸」を頻繁に行い、その影響で深刻な痔ろうになってしまったと言わ

れています。当時は麻酔がなかった時代、ルイ14世は果敢にも手術に挑み無事完治させてしまいました。手術直後に痛みに耐えながらも笑顔を振りまいた、とも言われるルイ14世。太陽王と言われながらもフランス没落の遠因を作ったと評価されているルイ14世ですが、痔治療のパイオニアとして好感度急上昇ですね。

　もう一人の痔セレブリティは奇しくも同じフランスのナポレオン。若くして天才的な戦術を駆使し、ヨーロッパの頂上を極めたナポレオンですが、彼は20代から痔に苦しんでいたと言われています。「いつも青ざめた顔をしていた」と描写されるナポレオン、きっと痔がつらかったのでしょう。最後の復活をかけたワーテルローの戦いでは当初優位に戦局を進めながらも逆転負けを喫してしまいます。このワーテルローの戦いで馬上の人であったナポレオンは、痔の痛みに耐えかねて戦術でミスを犯した、という説（本当の話です）もあり、「ナポレオンのお尻が正常だったら、ヨーロッパの国境線は異なっていただろう」とも痔界の一部では言われています。

　太陽王ルイ14世と、皇帝ナポレオン。

　英雄になるためには痔はマストアイテムのようですね。

Q9 日本人以外も痔の手術をするの？

イギリス人の友人を通じてヒアリングをしました。結論を言いますと、イギリス人は基本、手術で治すらしいです（私はどちらかというと、その友人〈20代女性〉がどうやってリサーチしたか興味がわきますが）。以前は外国では痔に対する外科施術は一般的ではなかったようですが、今日では手術のほうが一般的のようです。

ちなみに、私が受けたシートン法（痔管にゴムを通し徐々に肉を切る方法）の由来は、古代インド人らしいです。あんなに痛い施術が、数千年前から行われていたとは。

現代のグローバル社会を席巻するインド人のメンタルタフネスが、このエピソードからも窺えますね。

Q10 ドーナッツ状クッションって有効なの？

痔の人がよく持っているドーナッツ状のクッション、皆さんも一度は見たことがあるのではないでしょうか？

真ん中に穴が開いたクッションは、患部が直接触れな

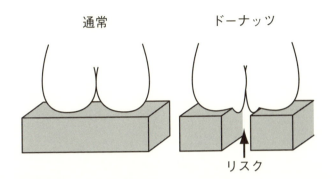

くなるために、痔の患者には広く使われています。実際に手術後に座ってみると、痛みは大きく軽減され、その快適さには舌を巻きます。

 しかし、私が訪れた肛門科にはよく注意書きされていたのですが、このドーナッツ状クッションには２つのリスクがあります。

• その真ん中がくり抜かれたデザインのため、患部が放射状に広がってしまう。
• 肛門に通常の椅子よりも、圧力が集中するために、中期的には痔のリスクを更に高めている。

 わかりやすく図解してみましょう。左が通常クッション、右がドーナッツ状クッションです。

 このように、ドーナッツ状クッションは、一時的には

症状を緩和させるものの、中期的には痔を悪化させるリスクがあり、その痛みのために更に手放せなくことから、我々の間では「クッション界のモルヒネ」と呼ばれています。

ちなみに、科学的に一番よいのは、テンピュールのような低反発クッション（正方形）のようです。

私のドラえもんクッションは、依存することなく無事にその役割を終え、私がシンガポールに異動になる際に神戸オフィスの倉庫にそっと寄贈しておきました。神戸オフィスの皆さん、どうしてもお尻が痛いときにはお使いください。

そして、ちゃんとドラえもんクッションの写真を保存していた大田さんに敬意を表します。

Q11 男性トイレで、生理用品はどう処分していたの？

結論から言うと、洗面所の横にある、手を拭く紙を捨てる場所まで持っていって捨てていました。

初めのほうは、他の人に生理用品を持って、トイレをうろうろする姿を見られたくなく、トイレに流すことも

考えたのですが、トレイが詰まる → 業者が直しに来る → ウィスパー発見 → 俺だとばれる、なる可能性が高い、というか道義的に流してはだめだろうと断念。

　せっせと、毎回、トイレ入り口付近の紙を捨てる場所まで運んでいました。

　トイレの清掃のおばさん、すいませんでした。

　ポイントは3点。

- まずは誰もいない時間帯は、朝早く、もしくは12時45分頃です。的確に見計らっていきましょう。
- どうしても恥ずかしいときには、人が少ないトイレを探しましょう。神戸オフィスの皆さん、15階、16階は穴場ですよ。

　余談ですが、私は常にトイレにポーチを持参していたのですが、中身はウィスパー（夜用＆パンティーライナー）、ロキソニン（痛み止め）、コーラック、休足時間、脱脂綿、サージカルテープでした。痔主の7つ道具ですね。

Q12 昔の人はどうやって痔を治したの？

痔は人間の文明が存在したときから、すでに記録に残っており、紀元前数千年前のエジプトやインドの記録にも残っています。古代ギリシャではすでに肛門鏡の存在が確認されています。

読者の方々には当然の知識ですが、人間が二足歩行を始めたときにTakeしたRiskなので当然ですね。

古来より、治療方法はシンプルで、①患部をそのまま切除する、②患部を切開しうっ血を取り除く、③焼きゴテで焼く、が基本のパターンのようです。字にするだけでも怖いですね。

私が行ったシートン法は、実は古代インドに由来があり、薬に浸した「タコ糸」のようなものを痔管（腸から臀部までを貫く体内の管）に通したのが起源のようです。

しかし、当時は麻酔方法ももちろんなく、日本については華岡青洲が江戸時代に全身麻酔を確立するのを待たなければなりません。華岡青洲は乳癌の治療で有名ですが、実は痔の治療も大変多かったようです。

江戸時代といえば、あの松尾芭蕉も痔に悩んでいたよ

うです。痔が痛くて、四国以降の旅を断念するほどだったとか。当時は麻酔なしでの手術を余儀なくされたことを考えると、かなり苦しい治療だったことでしょう。「肛門切るなら、麻酔くれ」というやつです。

　明治時代では、夏目漱石が有名です。漱石は私と同じ、キング、つまり痔ろうです。彼の遺作となった『明暗』は、主人公が痔の治療をするオープニングで始まりますが、多くの痔の患者を抱えるといわれる日本で、多くの人がドキッとしたことでしょう。

　さらに、漱石のよき友人である正岡子規もキング（痔ろう）でした。もはや、優れた文筆家になるためには、痔であることはマストのようです。

Q13 痔の発症時は下痢が頻発していたの？

　結論から言うと、NOです。下痢は頻発していませんでした。私はもともと胃腸は強いのです。

　痔ろうは、その直腸と肛門の間の歯状線にある小さなくぼみに細菌が入ることで発生するのですが、要は確率の問題なのです。一回で細菌が入ることもあれば、何回

下しても大丈夫な人もいます。もちろん下痢が頻発する人のほうがリスクは高いのですが、普段は胃腸が強いほうが痔ろうになる可能性も十分あります。

　今から振り返ると、関西に住んでいるときに、私は胃腸に負担のかかる生活をしていました。

- 大阪は万両、神戸は満月というような焼肉の名店が多いので、月に焼肉（消化にはあまりよくない）数回食べていた。
- 長時間椅子に座ったままで、オフィスで過ごすことが多かった。
- トイレで携帯をいじったりして、ついつい5〜10分くらい座っていることがあった。

　なので、下痢の頻度は大きくなかったものの、胃腸・肛門へのプレッシャーは高かったと思います（腸の蠕動運動が非正常化すると、下痢をしやすくなるので、私自身はあまり関係ないのですが、タバコの吸いすぎ、お酒の飲みすぎや、ストレスのたまりすぎ、冷え性なども要注意です）。

　つまり、どのような人も痔になる可能性があります。痔ろうに限らず、痔に苦しまないためには以下に気をつ

けてください。

A（Analysis）：分析を常にしましょう。痛みがあるかないか、出血があるかないか、マスカット大の腫瘍はないか。毎日の観察が欠かせません。
N（Nutrition）：栄養に気を配りましょう。適度な食物繊維を摂取し、体をあたためることが大切です。寝る前はヤクルトです。
A（Action）：アクションをとることを躊躇しない。もしもおかしい、と思ったらすぐに専門の医者に相談しましょう。
L（Long-term）：長期的な視点を。10年後、20年後を考えたプランを。自分で判断して無視すると、とりかえしがつかなくなることがあります。
G（Goal）：明確なゴール設定を。完治させるのか、それとも症状と付き合っていくのか（きれ痔などは手術しない場合もあります）。タイミングはいつするのか。ゴールがはっきりすると、金銭面を含めて明確なアクションがとりやすくなります。

みなさんにも、このANALG（アナルジーと読みます）を覚えて、健康なライフを送っていただきたいと思います。

Q14 シートン法ってどんなもの？

まず図解①から見てみましょう。

向かって左は、肛門を正面から見た図です。全体像を捕らえてください。向かって右は、シートン法を、直腸・肛門・痔管との関係性から見たものです。直腸の歯

図解①

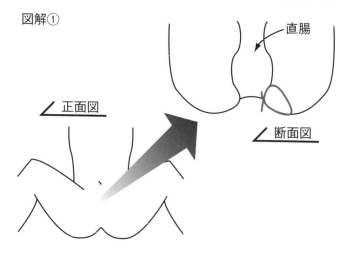

正面図　　断面図　　直腸

状線から細菌が入り、肛門とは違う場所に細いトンネル（痔管）ができてしまうのが痔ろう。その痔管にゴム管を通し、ゆっくりと切断して、体外に出す方法です。

このイラストだと２Ｄなので、３Ｄの関係性がわかりやすいように、２つイラストを準備しました。

図解②を見てください。

これは、お尻を背面からまくったイラストになります。

ゴム管の半分は痔管を通り、もう半分は肛門・直腸を

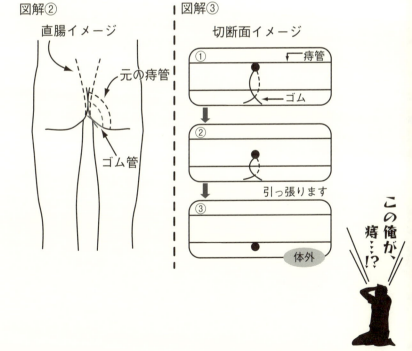

通っていることがわかるかと思います。これを体外に引っ張るのです。

　図解③（前ページ図右側）を見てください。

　これは切断面のイラストで、どのように肛門が切れていくかが伝わるかと思います。

　医療サイトなどを見ていると、「豆腐を糸で切るイメージ」「氷を糸で切るイメージ」などの説明があります。糸のような細いもので切りつつ、切断した後はまたくっつくイメージ、が肝要です。

　私の「肛門にピアスをつけて、それを引っ張る」という説明よりもわかりやすいですね。

　これでわからない場合は、本職の医者に聞いていただくか、Google先生に聞いていただくか、私のNokia携帯に保存してある写真を見ていただくことになります。私もこの手術法を理解するまで、家庭の医学を何回も読み直しました。

Q15 常に血が出ている状態で、貧血にならないの？

　結論から言うと、貧血にはなりません。

手術の後は断続的に出血はするものの、多い日用の生理用品で安心できるくらいなので50ccくらいでしょうか？

少ない日はパンティーライナーが汚れるくらいなので、量としては知れたものだと思います。

なので、貧血にはなりませんでした。ただ、気持ちの問題で、大阪天満橋の焼き肉の名店万両（焼肉店）で、たくさんホルモンは摂取していました。

Q16 古代中国の痔の治療って？

古（いにしえ）より、日本に大きな影響を与えてきた中国。そんな中国において神医と崇められてきた、伝説の医者に「華佗」がいます。かの三国志の主役の一人、曹操の頭痛を治したことや、数々の伝説エピソードがその生涯を彩っています。

そんな華佗、麻沸散という麻酔薬を使い外科手術をしたと言われているのですが、どうやら麻沸散は痔の手術にも使われたようです。華岡青洲から1600年ほど前にすでに麻酔を痔に使った華佗。乱世にありながらも、整

えるべきものをちゃんと整える、さすがの一言です。

Q17 海外では痔はなんて呼ぶの？

英語ではhemorrhoid、フランスではhémorroïdes、スペインではhemorroides。

英語、フランス語、スペイン語、ほとんど同じですね。

同じ語源で、その由来は古代ギリシャ語の、haimorrhoidesから来ているようです。「haima」は血という意味を持ち、rhoosは流れるものという意味を持ち、「出血しそうな静脈（veinsliabletodischargeblood）」という意味だったようです。

静脈のうっ血が主原因である、いぼ痔が世の中の痔の半数を占めることを考えると、正しい言葉のチョイスですね。

あとがき（2012年7月）

　私は今、このあとがきを3年間滞在したシンガポールを離れ、旅行先として向かったパリからの機上で書いている。Over Nightフライトで痔ブログを書いており、キャビンアテンダントの方が通るたびに、「ウインドウズ+D」のショートカットを駆使していた。

　このあとがきが皆さんの目に入るときには、私は常磐線に乗りながら実家である千葉の柏を目指していることだろう。

　今日7月3日は、3年ぶりに日本に帰国する日でありながら、痔ブログを完結させるという記念すべき日となった。

「君のあな痔が治ったから7月3日はアナル記念日」と1句読みたくなる。

　本書の目的である、
- 人々が、痔を恥ずかしがらずに、少しでも話しやすいような世の中にする。

• 痔の情報を少しでも流通させて、わからないことからくる不安を減らす。

　が、少しでも達成できていたら幸いである。

　この場をお借りして……。

　最初にきっかけを作ってくださった鈴間さん＆石田くん夫妻、友情出演、フィードバック、ソーシャルでのたくさんのシェアをしてくださった茂岡さん、大田さん、朝井さん、加納さん、南川さん、多良見さん、小田さん、岩指さん（一応全員仮名）をはじめとする会社の方々、みなさんありがとうございました（というか、会社の方のソーシャルでの影響力、伝播力は本当にすごかった）。

　そして、シンガポールの皆さん（友情出演の杉下さん含む）、ありがとう。みなさんからの感想が書くモチベーションになった。また、最近は、「目白にいい病院あるよ」「芦屋の病院いいよ」、という情報を勝手にいただけるようになった。時間を作って、ぜひ開拓していきたいと思う。

　先ほどから、隣の席のイラク人が「何のメールを書い

あとがき

てるんだ？」と興味津々で私のラップトップを覗き込み説明に苦慮しているので、このあたりでペンを置きたいと思う。ご愛読ありがとう。

　みなさんの、素晴らしい肛門生活を祈りながら。

あとがき②

　2012年7月、31歳の私は希望のみをかばんに詰め込んで、日本に帰国し、家族の待つ千葉の柏へと舞い戻った。
　それからの日々、大きな学びが次々と私に訪れた。
　住む場所が、シンガポールから、東京になった。
　職業が、シャンプーを売る仕事から、電子書籍を売る仕事になった。
　東京に、戻ればすぐに結婚できると聞いていたが、そんなに世の中簡単でないことを学んだ。

「学べば学ぶほど、自分がどれだけ無知であるかを、思い知らされる。
　自分の無知に気づけば気づくほど、よりいっそう学びたくなる」かのアインシュタインの名言である。
「なんと私は痔について無知なのだろう。もっと正しい知識を学ばなければ」
　そして、その日、私は再び千葉の柏の地に立っていた。

あとがき②

　私が向かうのは両親と猫が待つ柏の実家ではない。
「大腸肛門病センター　辻仲病院柏の葉」だ。

　ただのブロガーである私のインタビューを快く受け入れてくれたのは、辻仲病院柏の葉で、肛門外科部長・骨盤臓器脱センター長をされている、赤木一成さん。
「もっと痔について知りたい」その思いの丈を綴ったメールを見ただけで、貴重な時間を割いてくださることとなった。
　看護師さんに案内された部屋に、柔和な表情の赤木先生が入る。
　私の肛門の状態を観察するために獅子奮迅の活躍を見せたiPod Touchのボイスレコーダー機能をオンにし、さっそくインタビューを開始した。

~~~~~~~~~~~~~~~~~~~~~~~~~~~~~~

オープニング
筆者「本日はお時間ありがとうございます。私は『この俺が、痔！？　元外資系ブランドマネージャーが語る

痔闘病記』というブログを書いていたのですが、肛門の世界の奥深さに気づき、より勉強したいと思って参りました」

赤木先生「お越しいただきありがとうございます。私も『よくわかる大腸肛門科』(http://daichoukoumon.com)というサイトを運営していているのですよ」

筆者「(わ、わかりやすい!!)イラストも豊富ですごくわかりやすいですね」(一瞥するだけでわかる圧倒的な知識量と経験にすでに感動)

赤木先生「ありがとうございます」

筆者「では早速ですが、今日、お伺いしたいポイントは3つあります。1) 日本の肛門事情について、2) 肛門科事情、3) 肛門科の歴史とグローバル事情についてです。

赤木先生「よろしくお願いします」

1) 日本の肛門事情について

筆者「まず1つ目の日本の肛門事情についてですが、どのような方の診断が多いのでしょうか?」

赤木先生「過半数は痔核(いぼ痔)の方ですね、当病院では。次いで痔ろう(あな痔)なのですが、男女間で見

ると男性は痔ろうが多く、女性は裂肛（きれ痔）の方が多い傾向がありますね」

筆者「男女間で差があるのですね。男性に痔ろうが多い理由はあるのでしょうか？」

赤木先生「男性の中でも、若めの男性に多いんですよ。なぜ若い男性に多いのか、その理由は完全には判明していないのです。運みたいな面もあります」

筆者「なるほど。では、どのような人が痔になりやすいとか、その傾向はあるのでしょうか？」

赤木先生「痔核は、いきむ習慣が多い人がなりやすいですね。ふんばるような姿勢をとる仕事をする方に多いです。痔ろうは、下痢が多い人がなりやすいですね。痔ろうの大半は、肛門陰窩という肛門にあるポケットのような部分に細菌が入って起こるからです。また女性は便秘がちで痔になられる方も多いですね」

2）肛門科事情

筆者「では次のトピックに移らせていただきます。

　私は、肛門科を選ぶときに、ネットの情報を頼りにしていたのですが、私がもう一度痔になったら考慮したほ

うがいい、病院の選び方はあるのでしょうか？」

赤木先生「大腸肛門病学会の専門医であるか、がまずは指標になります。大腸肛門病学会の専門医には、I、IIa、IIbという3つのコースがあり、肛門外科の領域であるIIbのコースを出ている先生を、まず探すのがいいと思います」

筆者「総合病院などでも施術を受けることができるのですが、何か違いはあるのですか？」

赤木先生「肛門科も一人前になるには、相当な修行が必要なんです。外科の一分野として肛門の診療を行うことはできますが、大腸肛門の専門病院での修行は是非見て欲しいですね」

筆者「全く知りませんでした。ちなみに、個人的な興味ですが、なぜ赤木先生は肛門科の先生になられたのでしょうか？」

赤木先生「詳しいことはブログに書いてあるのですが、全国的に有名な大腸肛門科専門病院の辻仲病院で大腸内視鏡検査を見たことがきっかけです。それまで所属していた大学や関連病院での大腸内視鏡検査との違い、患者への負担が小さいものでした。そのあと辻仲病院での2

あとがき②

年間の勤務を経て、大腸肛門科を専門とすることに決めたのです」

3）肛門科の歴史とグローバル事情

筆者「最後に、肛門科の歴史とグローバル事情です。昔は肛門はどのように治療していたのでしょうか？」

赤木先生「昔は、枯葉を焼いて肛門の患部に塗る、というような治療もあったんですよ。アルカリ性になって悪い部分を溶かすんですね。現在の技術は大変発達していますが、肛門は複雑なので、十分な修行を積んだ専門の医師に任せるのが安心です」

筆者「保険がきくこともあれば、自由診療を行っている病院もあると認識しています。なぜ保険がきくところときかないところがあるのですか？」

赤木先生「大半の肛門科では最近は保険診療を行っていますよ。費用も、同じ医療行為だったらどこでも基本的には同じです。その一方、自分の技術に見合う報酬を設定されていないから、自由診療にふみきる方もいますね」

筆者「グローバルを飛び回る元ブランドマネージャーを自認しているのですが、グローバルでも同じように治療

をするのでしょうか？」
赤木先生「アメリカなどでは、入院することなく医院内で診療するOffice Surgery（オフィスサージェリー）も多いですね」
筆者「ありがとうございました」

　赤木先生との濃密な1時間は、あっという間だった。当然ながら、アナルブロガーである自分と、大腸肛門科の専門医である赤木先生の径庭を感じつつ、少しでも正しい肛門の知識を届けることで、世の中の人々が少しでも肛門科に対するハードルを下げることで、赤木先生のような素晴らしい先生と出会うことができることに貢献できたら、と思う。

　外に目を向けると、夕日が柏の葉の大地を照らしており、インタビューをしている部屋も少しひんやりとしていた。
　感謝の言葉を伝え部屋を出ようとする私に、赤木先生が声をかけてくださる。
「またわからないことがあったら、連絡してください」

あとがき②

「言うならば今しかない！」

　インタビュアーでもない、ブロガーでもない、痔を抱える者としての私は、意を決して言葉を絞り出した。

「先生……私、痔ろうが完治していないかもしれません。（シンガポール編参照）痔管が残っているかも」

　赤木先生は、ゆっくりとうなずくと、こう口を開いた。

「肛門エコーで日本の5本の指に入る名医がいます。肛門エコーなら再発可能性を見分けることができます。紹介しましょう」

〜〜〜〜〜〜〜〜〜〜〜〜〜〜〜〜〜〜〜

　柏の葉駅についた時は、すでに19時近くになっていて、空が暗闇に徐々に侵食されていた。

　駅に立つ私の右手には、赤木先生から紹介された新橋の名医の連絡先が握りしめられていた。

　痔闘病記の最終エピソード「Light My Anal（アナルに火をつけて）」が幕を開けたのだ……。（http://blog.livedoor.jp/pilestory にて掲載）

用語解説

筆者と友人Lによる外資系がもっとわかる用語解説。
初級／中級／上級のレベル分けに加え、一部の用語には例文と和訳も付き、明日からすぐ使えます。

	単語	品詞	Lv	意味
1	Brand	名詞 noun	初	「製品イメージ」をかっこ良く言っただけ。製品そのものを指すこともある。
2	Catch phrase	名詞 noun	初	キャッチフレーズ。ターゲットとする顧客や製品コンセプト自体がぐだぐだな時に、販売代理店に作成が外注される仕事。
3	Hair care	名詞 noun	初	シャンプーやトリートメントなど、髪のお手入れのこと。ビジネスでは女優が広告で登場して華やかに見えるカテゴリーだが、粗利率が高いためマーケティング・広告競争が激化しやすい。また、男性マーケターが試すために自分で購入すると、家にシャンプーがたくさん並ぶため、浮気を疑われることがある。
4	Innovation	名詞 noun	初	革新のこと。過去数十年その必要性が声高に叫ばれている一方、「イノベーションのジレンマ」以降、クリステンセン教授の独壇場の感もある言葉。
5	That's sadistic	感嘆詞	初	麻酔を筋肉注射する際に、もっともよく使われる感嘆詞。加虐趣味があったフランス革命期の貴族、ドナシィヤン・アルフォンス・フランソワ・ド・サド氏の名前に由来するサディスティックという言葉が、200年の時間に堪え、肛門手術使われる一般的な言葉になったことは感慨深い。

例文	和訳
"To develop a list of catch phrases, may I know more about your target consumer and brand proposition?" "Sure! We provide superior value to everybody!" "I fully understand."	「キャッチフレーズの候補リストを作る作業に入る前に、貴社のターゲット消費者と、製品コンセプトについてもう少し教えて頂けますか？」 「勿論です！　我が社の製品は、より良い価値を、すべての人に届けます」 「ありがとうございます」
"I saw so many shampoo bottles! Are you dating with somebody else?" "Why? I love only you! - by the way, here is the sample of our new luxury brand for you." "I love you too"	「こんなに家にシャンプーのボトルが…。私以外に女がいたのね!!」 「なんてことを！　君だけを愛してるよ！　ところで、新プレミアムブランドローンチに向けてのサンプルだけど、使ってくれない？」 「私も愛してるわ」
"OK, OK, everything is going to be All right." "That's SADISTIC!"	「大丈夫、痛くない、痛くない」 「ザッツ サディスティックー！」

単語	品詞	Lv	意味
6 Global	形容詞 Adjective	初	世界規模、という意味。グローバル経済、グローバルプロジェクト、など多岐に渡って使われるが、日本人は人材に対しても「グローバル」を使ってしまった、ある意味先駆者である。
7 Audience	名詞 noun	上	プレゼンの間中、時間を無駄にされる人たちのこと。
8 Authenticity	名詞 noun	上	自社よりも低価格で性能もよい製品が登場した時に、値下げも改良もしないことを正当化する理由。
9 Bullshit	名詞 noun	上	直訳すると、去勢されていない雄牛の糞。騙し、まやかしの意味で使われる。ビジネスで使用すると、相手に嫌われることが可能。
10 CAR	名詞 noun	上	Context-Action-Resultの頭文字（文脈-行動-結果）。採用面接ではよく使われ、このフレームワークで説明すると採用担当者が安心する。採用面接以外ではまず使われない。
11 Challenging	形容詞 Adjective	上	上司からタスクの説明があった当初は「結構難易度の高い」「挑戦意欲を刺激される」の意味だと思っていたが、いつの間にか「必達の」に意味が変化する形容詞。
12 Conclusion first	名詞 noun	上	英語だと結論から先に言われる、という迷信。日本語でも英語でも、要点が明確であることが必要で、結論は先でも後でも良い。
13 Intervention plan deliver	名詞 noun	上	Mitigationplanと同じ。ただのプラン。 →Mitigationplan
14 Manipulate	動詞 verb	上	操る、上手く操作する。

例文	和訳
"What do you do?" "I am doing global human resource!" "Oh I have never heard of it - Very innovative."	「職業はなんですか？」 「グローバル人材です！」 「おぉ、そんな職業があるのですね。革新的ですね」
"With this intervention plan, I'm sure our sales will be back on track within 2 weeks." "Are you bullshittinng me?"	「この改善プランを実施すれば、2週間以内に売上は元に戻ります。確実です」 「お前なめてんのか？」
"OK, let me explain my leadership experience in CAR, Context, Action, Result." "OK, you are hired."	「分かりました、では私の過去のリーダーシップ経験を、CAR コンテクスト、アクション、結果に沿ってご説明させて下さい」 「分かりました、もう採用です」
(at assignemnt meeting) "20% top line growth is a great, challenging assignment. You should be happy to tackle this." (at update meeting) "So, how to commit the challenging 20% growth, eh?"	(仕事をふられる時)「売上20%増は、とても歯ごたえがある仕事なので、やりがいを持って楽しんでやってください」 (進捗報告の時)「で、どうすんの？ 20%。必達ってわかってる？」
"Any intervention plan to solve this?"	「なんとかならんのか？ この状況」
"Let them manipulate target market definition, if the share does not hit the target."	「シェアが足りないなら、市場の定義を変えたらいいじゃない」

単語	品詞	Lv	意味
15 Mitigation plan	名詞 noun	上	Interventionplanと同じ。ただのプラン。 →Interventionplan
16 Penetrate	動詞 verb	上	貫通すること、転じて、マーケットに参入・浸透すること。当初はマーケットに突破口を開いて欲しいという希望だったはずが、気が付くと大きな売上と利益の獲得に転じていることもあるので使い方に注意。
17 Pre-empt	動詞 verb	上	先回りすること、先制攻撃をすること。どうしても予算や人が欲しい時や、やりたいことがある時に、「Pre-emptしないと競合にやられますよ」と言ってみるとOKが出やすい、というレポートもある。
18 Stakeholder	名詞 noun	上	利害関係者。会社などに出資していて本当に利害が関係する人を指すこともあれば、「うーん、私にはキャッチコピーはピンとこないなぁ」とお局的なコメントをする人を指すこともある。
19 Marketer	名詞 noun	中	職種の中で、「コンサルタント」の次に名乗るのが簡単な職種。やっている内容は全員違う。
20 Brand manager	名詞 noun	中	製品担当者。外資系ブランドマネージャーは大幅な権限移譲によって、若くして大きなことができると誤解されるが、実際に移譲されているのは責任であって権限はない。
21 Branding	名詞 noun	中	社内の人が思っているブランドと、消費者が思っているブランドが大ハズレしていることを痛感しつづける作業。

例文	和訳
"Any mitigation plan to solve this?"	「なんとかならんのか？ この状況」
"How can we penetrate this strategic market?" "We are going to leverage influencer marketing." "OK, then when can we become No.1 brand in this year?" "oh, ok...."	「この戦略的な市場にどのように参入するのだね？」 「初期は、インフルエンサー・マーケティングを活用してポジションを固めます」 「うむ。そしたら、No.1のブランドには今年のいつごろになるのだね？」 「へ？」
"We need to launch this product!" "No" "We need to increase advertising budget!!" "No" "Let us Pre-empt with this new product and advertising campaign to fight our competitor's campaign in Septermber." "We should do!"	「新製品出しましょう」 「だめだ」 「広告の予算増やしましょう」 「いや、だめだ」 「競合の9月のキャンペーンに対して、新製品と広告でプリエンプトしましょう」 「おぉ、それはやらねばならない」
"We need to listen to, and go forward with all of our stakeholders." "OK, that means HOLD"	「我々は全てのステークホルダーと対話し共に前進しなければならない」 「了解。じゃぁ、待機、ってことでいいんですよね」
"Me? I'm marketing consultant!" "I see your point."	「私はマーケコンサルをしています」 「なるほどですね」

単語	品詞	Lv	意味
22 Clarification	名詞 noun	中	明確化、または明確化のための質問。 実際のビジネスでは、明確化されることは稀で、煙に巻かれるか、逆切れされる。
23 Concise	形容詞 Adjective	中	簡潔な。要するにどうか、ということ。考えがまとまっていない部下に対して上司が掛ける言葉だが、その言葉によって考えがまとまることは稀。
24 De facto standard	名詞 noun	中	デファクトスタンダード、業界標準。多くの企業がこれを取ることを狙うが、まず取れないし、取れた時には利益がない目標。
25 Eye opening	形容詞 Adjective	中	思わず目を見張るような。 調査が有効だった場合でもそうでなかった場合でも、調査結果につくお約束の枕詞。
26 Learning	名詞 noun	中	学び取ったこと。 ビジネス結果が良くない時に、仕事をやっている風を装うための話題。
27 Mental toughness	名詞 noun	初	精神的なタフさ。 責任感があって最後まで諦めない人と、単に周りを気にしていないだけの人の2通りの人が存在する。
28 Next step	名詞 noun	中	次にとるべき行動。期日と責任者がセットで書かれないものについては、特に意味がないので当面無視して良い。
29 Over night flight	名詞 noun	中	夜行便。人によって使い道がまったく変わる魔法の時間。ある人にとっては仕事に120%集中できる時間となり、ある人にとってはワインを限界まで飲んだ後の休息の時間となる。

例文	和訳
"A quikc clarification of my scope. What does business momentum mean?" "That's a good question! Your task starts from think over that." "Thank you for the clarification."	「ちょっと私の仕事範囲の確認なんですが、ビジネス的な勢いというのはどういう意味でしょう？」 「いい質問ですね。まさにその点を考える所から始めてください」 「ありがとうございます」
"A, B and C happened. What should I do?" "Can you make it concise?" "OK, OK, A, B and C happened. What should I do?"	「あれが、こうなって、こうなってるんです」 「要するにどういうこと？」 「えーとえーと、あれが、こうなって、こうなってるんです」
"How was the survey result?" "That was eye opening. Which survey, by the way?"	「調査結果はどうでした？」 「そりゃもう目を見張るような結果でしたよ。で、どの調査でしたっけ？」
"You had a good over night flight?" "Yes, that was great"	「仕事、集中できた？」 「うん、すごいワイン飲めたよ」

単語	品詞	Lv	意味
30 Performance	名詞 noun	中	業績や性能のこと。ビジネスでは、仕事の量と質を指す。肛門が痛い場合や出血が気になる場合は低下傾向にあるものの、1）夜寝る前にお尻をそっとお湯の入った洗面器に浸す（沐浴）、2）自分に適した生理用品を着用する、ことによってPre/Postでフラット、時にはPostをアウトパフォームすることもある。
31 Red ocean	名詞 noun	中	1）事業をはじめる前に少し考えておけば避けられた過当競争状態。 2）肛門から血が出て便器が紅く染まった状態。

例文	和訳
"Your performance has been stunning! What did you do?" "I started to use whisper since April, and it should be the key driver." "Ah, it must be."	「君の最近のパフォーマンスは素晴らしいね！ 何か転機があったのかい？」 「4月からウィスパーを使い始めたんですよ。それがキードライバーに違いありません」 「あぁ、それに違いないね！」
"You know, you guys are in Red Ocean!" "Yes, Exactly!!"	「お前たちはレッドオーシャンの真っ只中にいるんだぞ！」 「お、おう。便器を真っ赤にしてごめん！」

著者プロフィール

糸山 尚宏（いとやま なおひろ）

日本からシンガポールに飛び出し世界のビューティーマーケットを舞台としていたマーケター。外資系企業に勤務していたが、現在は電子書籍を世に広げるべく活動している。30代独身男性。
千葉県柏市出身だが、海外ではもちろん"I am from Tokyo"で通しています。

この俺が、痔…!?　元外資系ブランドマネージャーが語る痔闘病記

2015年12月15日　初版第1刷発行

著　者　糸山　尚宏
発行者　瓜谷　綱延
発行所　株式会社文芸社
　　　　〒160-0022　東京都新宿区新宿1－10－1
　　　　　　　　　電話　03-5369-3060（編集）
　　　　　　　　　　　　03-5369-2299（販売）

印刷所　株式会社フクイン

©Naohiro Itoyama 2015 Printed in Japan
乱丁本・落丁本はお手数ですが小社販売部宛にお送りください。
送料小社負担にてお取り替えいたします。
本書の一部、あるいは全部を無断で複写・複製・転載・放映、データ配信することは、法律で認められた場合を除き、著作権の侵害となります。
ISBN978-4-286-13109-2